Wenn ich dichten könnte
Möchte ich Pablo Neruda sein
Wenn ich komponieren könnte
Duke Ellington
Wenn ich singen könnte
Nat King Cole
Wenn ich dirigieren könnte
Nikolaus Harnoncourt
Wenn ich Klavier spielen könnte
Oscar Peterson
Wenn ich geigen könnte
Yehudi Menuhin
Wenn ich malen könnte
Vincent van Gogh
Wenn ich tanzen könnte
Fred Astaire
Und
Wenn ich schreiben könnte?
Tschechov sagt:
Jeder schreibt, wie er will
Und wie er kann

Sternloser Himmel

Dietmar
SCHÖNHERR

Sternloser Himmel

Ein
autobiographischer
Roman

Eichborn

1 2 3 07 06

Umschlaggestaltung: Christina Hucke
nach einer Idee von Dietmar Schönherr
Illustrationen: Olaf Neumann
Lektorat: Doris Engelke
Layout: Tania Poppe
Satz: Fuldaer Verlagsanstalt, Fulda
Druck und Bindung: Pustet, Regensburg

ISBN 3-8218-0922-1

Verlagsverzeichnis schickt gern:
Eichborn Verlag, Kaiserstraße 66, 60329 Frankfurt am Main
www.eichborn.de

Am 1. September 1941 ergeht folgende
GESAMTDEUTSCHE ANORDNUNG:
Alle jüdischen Bürger haben
ab sofort, sichtbar, auf der
linken Brustseite den gelben
JUDENSTERN zu tragen.
Die meisten fügten sich der
Willkür.
Es gab aber Unerschrockene,
die sich dem Befehl
widersetzten.
Unter Eingeweihten hießen sie
»DIE STERNLOSEN«.
Ihnen ist dieses Buch gewidmet.

DANIEL SAMMER

Ich schlug die Tür hinter mir zu, drehte mich blitzschnell herum, weil ich die Türklinke noch erwischen wollte, was mir aber um Haaresbreite mißlang. Also fiel die Tür mit Donnergetöse ins Schloß, ein Laut, einem Schuß nicht unähnlich, der mir derartig in die Knochen fuhr, daß ich mich auf den Stuhl neben der Eingangstür setzen musste.

Langsam kam ich zu mir, tastete nach dem Lichtschalter; alles blieb dunkel. Im Haus war es bitterkalt, also war auch die Heizung ausgefallen, Kurzschluß vermutlich.

Ich angelte nach meinem Feuerzeug und zündete mit klammen Fingern eine der Kerzen an, die – für alle Fälle wohl – auf der Truhe lagen, dem einzigen Möbel in der Eingangshalle.

Im armseligen Schein der Kerze tastete ich mich zu Daniels Arbeitszimmer vor, zündete die Petroleumlampe an, die auf dem Schreibtisch stand, und ließ mich in den Ledersessel fallen, der bis zum heutigen Tag ausdrücklich Daniels Hintern vorbehalten war.

Ich beugte mich langsam vor, bis mein Kopf auf der eiskalten Tischplatte lag.

So verharrte ich mit geschlossenen Augen und lauschte meinem regelmäßigen, aber schnell hämmernden Herzschlag, der mir in dieser vertrackten Stille viel zu laut vorkam.

Mit einem Ruck warf ich mich zurück, hielt mir mit beiden Händen die Ohren zu und sagte, ohne besondere Rücksicht auf Betonung: »Mein Leben ist ein Scherbenhaufen.«

»Ach Scheiße«, fügte ich leise hinzu, »das klingt wie ein Satz aus einem kitschigen Fernsehfilm.«

Ich musste lachen, weil ich an Birthe dachte, die bei solchen Wehleidigkeiten meinerseits immer zu sagen pflegte: »Warum alles in Moll? Das paßt viel besser zu Daniel, zu dir paßt es nicht!«

Ich schlug die Augen auf und sah, daß bei jedem Atemzug eine kleine Dampfwolke aus meinem Mund in Richtung Petroleumlampe segelte. In diesem Augenblick fiel mein Blick auf den Schreibtisch, wo ein Briefumschlag an ein silbergerahmtes Foto gelehnt war. »DAVID« stand darauf, von einem schwungvollen Kringel umgeben, und darunter, fein säuberlich:

d.G. (durch Güte).

Ich holte den Umschlag heran, öffnete ihn mit dem Zeigefinger und hielt das Schreiben so, daß das Licht der Petroleumlampe auf das Blatt fiel. Der Inhalt des Briefes war folgender:

Mein über alles geliebter Bruder David, obwohl ich Dich sehr gern habe, muss ich Dich und mein bisheriges Leben heute verlassen.

Ich kann diese Scheinexistenz unter den Augen der Öffentlichkeit nicht mehr ertragen. Ich muß etwas Neues anfangen, etwas völlig anderes, etwas Wirkliches. Die klatschenden Zuschauer, ob im Theater oder im Fernsehstudio, über die ich mich eigentlich freuen sollte, sind mir ein Greuel. Und das in zunehmendem Maße.

Du wirst traurig sein, das weiß ich, weil Du an meinem Erfolg keinen unbedeutenden Anteil hast. Du warst mir in all den Jahren ein liebevoller, kritischer Begleiter, mein Agent, mein Berater, mein persönlicher Manager. Du hast mir die Mühen der Ebene abgenommen. Das werde ich Dir nie vergessen.

Und vielleicht kommt ja der Tag, an dem wir uns wiedersehen.

Jetzt brauche ich erst mal Zeit.

Ich bin mir nicht sicher, ob ich das darf, aber ich rate Dir, eine Künstleragentur aufzumachen, mit einer Handvoll hochkarätiger Künstler, Schriftsteller, Regisseure, Schauspieler, genau in dieser Mischung und Reihenfolge. Das hat bis jetzt noch keiner versucht, aber Du könntest das.

Geld hast Du ja genug, glaube ich. Der Ledersessel, in dem Du jetzt sitzt, wird mitsamt dem ganzen Haus verkauft. Ich habe damit unseren Freund aus Kriegszeiten, Dr. K. beauftragt.

Kümmere Dich um meine Birthe, die mir unendlich fehlt, auch das ein Grund für meine Flucht. Du liebst sie doch? Oder? Und zum Schluß meine vielleicht schwierigste Bitte an Dich: Schreib' ein Buch über unser beider Leben. Wenn es überhaupt jemand kann, dann nur Du. In dem hohen Dokumentenschrank mit den zweiunddreißig Schubladen findest Du alle meine Tagebücher, und auch Deine, die ich über die Jahre gesammelt habe, ohne daß Du es wußtest.

Ich sage es jetzt ganz pathetisch:

Ich vertraue Dir mein Leben an. Such mich nicht, Du wirst mich nicht finden.

DANIEL

P.S.: Obwohl Du mir tausendmal bei der Arbeit zugesehen hast, versuche nicht, Schauspieler zu werden. Dazu muß man gut lügen können, und das kannst Du nicht.

Ich ließ den Brief sinken, steckte ihn in das Couvert zurück und lehnte ihn gegen das Foto, das, in silbernem Rahmen, eine lächelnde Birthe zeigte, die mit wehenden Haaren gegen den Wind anlief.

Die nächsten Minuten saß ich einfach so da.

»Das könnte dir so passen, daß ich ein Buch über dich schreibe!« sagte ich laut.

»Zuerst graust es dir vor dem Applaus des Publikums und dann soll ich dir ein Denkmal setzen. Das ist typisch für dich. Was bist du nur für ein verdammter Egoist? Aber warte nur: Du sagst ja selbst, daß ich nicht lügen kann ...«

Ich griff mir die Petroleumlampe und ging zum Sicherungskasten in der Diele.

Ich schob den Hebel der Hauptsicherung nach oben, und sofort flammte das Licht auf. Im Keller sprang fauchend die Heizung an. Ich kehrte in das Arbeitszimmer zurück, schaltete auch dort das Licht ein und ging zu dem Dokumentenschrank. Ich zog eine Schublade nach der anderen heraus. Fein geordnet: Oktavhefte, abgegriffene Pappbüchlein, dickere Konvolute, in Leder gebunden.

Das Leben der Brüder Sammer, Daniel und David, in vorbildlicher Ordnung; ein gefundenes Fressen für jeden Chronisten, für mich der reine Horror.

Ich ging zu dem Glasschrank, in dem die Flaschen in Reih und Glied standen. Nichts war dabei, was ich mir in meiner augenblicklichen Verfassung vorstellen konnte, außer eine Flasche mit fünfzehnjährigem Marc de Bourgogne, den Daniel zum Abschluß eines Films vom Produzenten geschenkt bekommen hatte.

Über dem Etikett hing eine Glückwunschkarte mit dem Konterfei des Produzenten.

In Daniels Handschrift stand daneben: Es gibt vernünftigere Geschenke als alkoholische Getränke.

Ich löschte das elektrische Licht, stellte die Flasche auf den Schreibtisch, daneben ein schweres Glas, das wir einmal bei Moser in Prag gekauft hatten. Dann setzte ich mich in den Ledersessel, steckte Daniels Brief in meine linke Brusttasche und trank in Gesellschaft von Birthes Foto die Flasche leer.

Am nächsten Morgen erwachte ich mit wahnsinnigen Kopfschmerzen auf dem zu kurzen Ledersofa, das unter dem Fenster des Arbeitszimmers stand. In der Phase des Aufwachens quälten mich die irrwitzigsten alptraumhaften Gedanken. Ich sah immer wieder den kleinen Hund in die Nacht verschwinden, er hatte beim Tierarzt eine Narkose bekommen, weil seine Zähne vom Zahnstein befreit werden mußten. Er verschwand einfach auf Nimmerwiedersehen, und das Schlimmste war, daß wir nicht wußten, ob er lebt oder ob ihn ein Raubtier getötet hat.

Ich versuchte verzweifelt wieder in den Schlaf zu flüchten, aber es gelang mir nicht. Ich stand mühsam auf, schluckte zwei Aspirin (Medizin deines Lebens) und rief unseren Hausarzt an. Ich schilderte ihm meinen Zustand.

»Ich verschreibe Ihnen ein paar Aufheller. Ihre schleppende Sprechweise legt die Vermutung nahe, daß Sie in einer schweren Depression stecken.«

»Depression halte ich für eine eklatante Fehldiagnose. Ich hab gestern abend zuviel gesoffen. Das ist alles!«

»Warum stehlen Sie mir dann meine Zeit? Grüßen Sie Daniel ...«

»Wenn Sie einen Fernseher hätten, wüßten Sie, daß ich das nicht kann ...«

Er hatte schon aufgelegt.

Ich rief einen befreundeten Graphiker an und bat ihn, mir einen Briefkopf mit Logo zu entwerfen: LITART, Agentur für bildende Künstler, Autoren, Regisseure und Schauspieler.

Eine Stunde später kam der Entwurf per Fax. Er gefiel mir nicht besonders, aber ich bat den Graphiker, tausend Stück davon drucken zu lassen.

Dann rief ich einen Verleger in Bern an, der sich wiederholt für eine Biographie von Daniel interessiert hatte.

»Ich schreibe gerade ein Buch über das Leben von Daniel und David Sammer. Sind Sie daran interessiert?«

»Natürlich«, sagte die Stimme am Telefon, »jetzt um so mehr, wo er verschwunden ist. Wie lange brauchen Sie?«

»Ich denke, drei bis vier Monate. Ich muß sehr viel Material durchackern.«

»Schicken Sie's mir, wenn Sie es fertig haben. Am besten per Fax oder E-Mail.«

Ich schreibe alles mit der Hand. Das ist mir wichtig. Ich brauche diesen körperlichen Kontakt mit dem Papier: Kopf, Herz, Arm, Manuskript. MANUSCRIPTUM, mit der Hand geschrieben, im Zeitalter der Elektronik total vergessen.

Das funktioniert besser als jeder Computer. Der Computer ist mir einfach zu langsam, oder ich bin zu langsam für den Computer, ich weiß es nicht.

Jedenfalls kann ich so etwas Persönliches nicht einer Maschine anvertrauen – zunächst.

Ich filtere aus Daniels und aus meinen Tagebüchern wichtige Dinge heraus, oder auch solche, die mir einfach gefallen und die etwas über die ungleichen Zwillingsbrüder aussagen.

Natürlich geht dauernd die Phantasie mit mir durch, und ich fange an, hochzustapeln und zu schwindeln, daß sich die Balken biegen.

Aber welches Leben wäre schon so wichtig, daß es ohne Münchhausiaden auskäme?

Das Ganze wird eine Knochenarbeit, weil ich nicht weiß, ob nicht das, was ich wegschmeiße, besonders wichtig ist. Und weil ich nicht sicher bin, ob ich uns beiden gerecht werden kann.

(Es müssen zwei Drucktypen verwendet werden, eine für Daniels Aufzeichnungen, eine für meine.

Sonst kennt sich kein Mensch aus. Leser sind ja nicht unbedingt Fernseher, denen oft Dinge vorgesetzt werden, die so hanebüchen unlogisch und verwirrend sind, daß nur der Abschaltknopf einen vor völliger Verzweiflung bewahren kann.)

Über einer hohen Wolkendecke mit rötlichen Schleiern kann man die Sonne ahnen. So still. Bis Vögel zu singen beginnen, zaghaft zuerst, behutsam, bevor sie ganz wach sind. Lauter werdend begrüßen sie den Tag. Und dann, wie ein Orchester, das der Dirigent abgewinkt hat, verkleckert der Gesang. Nur einzelne Sänger haben noch nicht bemerkt, daß es zu schneien begonnen hat: saubere, kleine Flocken, die langsam heruntersegeln und auf Daniels Haaren ein Sprenkelmuster bilden.

Er bemerkt es nicht. In den Händen hält er die kleine Kiste, die mit Stanniolpapier ausgeschlagen ist. Seine Hände zittern ein wenig. Er schnipst den Schnee mit einer ungeduldigen Bewegung von den Fingerspitzen, tastet sehr langsam mit dem Zeigefinger über das Gefieder der schwarzen Amsel, die in der Kiste liegt, der Schnabel gelb, das sichtbare Auge weit geöffnet. Er kniet nieder. Er bettet das Kistchen in ein Erdloch.

Stille.

Daniel steht auf. Mit hoher Stimme, wie ich sie von gregorianischen Gesängen kenne, singt er:

AGNUS DEI QUI TOLLIS PECCATA MUNDI
MISERERE NOBIS
AGNUS DEI QUI TOLLIS PECCATA MUNDI
DONA NOBIS PACEM

Daniel ist mein Zwillingsbruder. Wir sind kurz vor unserem achten Geburtstag. Ich bin in diesem Augenblick sicher, daß er Priester werden wird oder Schauspieler.

Jetzt legt er den Deckel auf die Kiste, läßt Erde ins Grab rieseln, befiehlt mir mit einer herrischen Kopfbewegung, es ihm gleichzutun.

Ich war noch nicht auf vielen Beerdigungen, aber immer drängte sich zwischen die aufquellenden Tränen ein Lachen, das ich nicht unterdrücken konnte. So auch jetzt.

Ich bücke mich nach einem Erdbrocken, und als ich mich aufrichte, dreht sich Daniel ruckartig zu mir um und verpaßt mir eine heftige Ohrfeige. Er schüttelt sehr langsam den Kopf, aufs äußerste gekränkt. Ich sehe, daß er geweint hat.

Diesen Tag habe ich nie vergessen. Es war – abgesehen von unserer Brüderschaft – der Beginn einer großen Freundschaft, kritisch bewundernd von meiner Seite, liebevoll, mit kopfschüttelnder Herablassung bei ihm.

Brüder kann man sich nicht aussuchen. Freunde schon. Das ist der gewaltige Unterschied.

Daniel ist mein Freund.

Als ich heute das Zimmer aufräume, das wir teilen, entdecke ich unter Daniels Kopfpolster ein Oktavheft. Auf der ersten Seite steht in seiner markanten Schrift, mit Rotstift umrahmt, DANIEL SAMMER, Schüler. Darunter: Tagebuch, begonnen an Davids zehntem Geburtstag, der auch mein Geburtstag ist.

Ich stecke das Heft in die Jackentasche, laufe die Treppe hinunter und setze mich unter den großen Ahornbaum, der unserem Hof Schatten gibt.

Ich setze die Brille auf, da Dr. Koller festgestellt hat, daß meine Augen astigmatisch sind und diese Sehstörung durch eine Brille korrigiert werden kann.

Ich frage meinen Vater, was astigmatisch bedeutet. Er sagt: »Deine Augen gucken nicht parallel.« – »Heißt das, daß ich schiele?« – »Nein«, sagt er, »du bist astigmatisch.«

Ich beginne zu lesen. Mit einem sehr schlechten Gewissen. Weil Tagebücher eben etwas sehr Geheimes sind. Aber ich muß es lesen, auch wenn ich riskiere, daß Daniel einen Wutanfall kriegt, wenn er draufkommt.

Nach einigen Zeilen fangen die Buchstaben an zu tanzen, dann verschwimmen sie im Schleier meiner Tränen. Daniels Schrift ist nicht so gestochen wie sonst. An manchen Stellen ist die Tinte verschmiert, als wären Tropfen darauf gefallen. Da steht:

Professor Gutmann hat uns heute eine Stunde in Astronomie gegeben. Er kam auch auf Astrologie zu sprechen und die Sternzeichen. Zwillinge heißen demnach lateinisch Gemini.

Er sagte: »Es gibt eineiige und zweieiige Zwillinge. Aber das erkläre ich euch später, wenn ihr groß genug seid, um zu verstehen, was es bedeutet.«

Ich habe Vater gefragt, was eineiig bedeuten soll. »Sind David und ich eineiig?«, habe ich gefragt. »Nein«, sagte er mit einem seltsamen Lächeln, »eineiig seid ihr ganz und gar nicht. Das hängt damit zusammen, daß ihr verschiedene Väter habt. Aber warum das so ist, erkläre ich dir vielleicht später ...« – »... wenn ich alt genug bin, um zu verstehen, was es bedeutet?«, falle ich ihm ins Wort.

»Ja, Bub«, sagt er darauf.

Und dann umarmt er mich und drückt mich so fest, daß es weh tut. Ich habe lange nachgedacht. Wenn wir verschiedene Väter haben, sind David und ich überhaupt keine richtigen Brüder. Aber solange ich lebe, werde ich David lieben wie einen Bruder. Jetzt erst recht, zum Teufel.

Ich schlage das Oktavheft zu. Der Ahorn über mir dreht sich wie ein Ringelspiel. Ich rase die Treppe hinauf und stecke das Tagebuch unter Daniels Kopfpolster. Ich habe das Gefühl, bei einem schweren Verbrechen ertappt worden zu sein.

Heute habe ich von meinem Taschengeld ein Oktavheft gekauft. Auf der ersten Seite steht: DAVID SAMMER, Schüler. Darunter: Tagebuch. Begonnen sieben Tage nach Daniels zehnten Geburtstag, der vielleicht auch mein Geburtstag ist.

Ich habe allerdings Zweifel, weiß überhaupt nicht mehr, was Wahrheit oder Lüge ist.

Auf der zweiten Seite steht: Leider kenne ich keine Geheimschrift. Ich weiß, daß Geheimdienste so etwas verwenden. Man kann das Geschriebene nur entschlüsseln, wenn man den richtigen Code hat. Also werde ich mein Tagebuch immer bei mir tragen müssen.

Heute kam ich an unsere Wohnzimmertür. Ich hörte die Eltern leise miteinander sprechen. Als ich die Tür öffne, verstummen sie, schauen mich verlegen lächelnd an, wie ertappt. Ich schließe die Tür nach einem Moment der Ratlosigkeit. Was ist da los?

Meine Mutter behandelt mich jetzt mit besonderer Aufmerksamkeit. Wenn wir allein sind, streicht sie mir über die Haare, drückt mich an sich. Die Erwachsenen sagen, den und den kann ich gut riechen. Ich kann meine Mutter gut riechen. Der Geruch meiner Mutter ist wunderbar. Er macht mich ein bißchen schwindelig. Ich möchte immer so dastehen, an ihren Bauch geschmiegt.

»Warum weinst du?« fragt sie mich. »Ich weine doch gar nicht«, sage ich ertappt. »Ich weiß schon«, sagt sie mit ihrem wunderbaren Lächeln, »ich habe gerade Zwiebeln geschnitten für das Gulasch, das ich euch zum Mittagessen mache ...«

Ich setze mich unter den Ahorn. Die Vögel singen. Es trifft mich ein feuchter Klacks auf die Stirn. Ich schaue in die sonnendurchwirkten Zweige hinauf. Ein kleiner Ast wackelt, ein Spatz fliegt davon.

»Du hast mich gerade angeschissen«, rufe ich ihm nach. »Danke schön!«

In der Schule dürfen wir nicht zusammensitzen. Daniel, weil er etwas größer ist, hat seinen Platz zwei Reihen hinter mir.

Mein Banknachbar heißt Siegfried, sieht aber dem Drachentöter überhaupt nicht ähnlich. Er ist dunkelhaarig, kurz und ohne Hals. Seine Hände sind klobig, er hat Wurstfinger. Seine Eltern haben ein Eisenwarengeschäft.

Gestern hat er zu mir gesagt: »Weißt du eigentlich, daß du stinkst? Ihr habt wohl kein Badezimmer?«

»Nein«, sage ich, »wir baden in der Waschküche im Keller.« Er lacht.

Meine Mutter holt mich von der Schule ab, weil wir Schuhe einkaufen wollen. Zwei Paar natürlich, eins für mich, eins für Daniel.

Siegfried steht neben mir auf der Treppe zum Haupteingang.

»Deine Mutter ist ein flotter Dampfer«, sagt er bewundernd, »sollte sich vielleicht ein bißchen mehr herausputzen.« – »Mir ist sie schön genug«, sage ich erbost, »und zum Unterschied von deiner braucht sie keinen Malkasten.«

Also, das mit dem Bad stimmt.

Das Haus stammt aus den Gründerjahren. Da hatten sie von Hygiene oder sanitären Anlagen keine Ahnung. Die Waschküche im Keller ist nicht besonders gemütlich, aber funktionell. Zementboden mit Abfluß in der Mitte. Die Wände zementgrau. Ein vergittertes Fenster, ziemlich hoch oben. Es wird mit einem Tuch abgehängt, wenn gebadet wird. In der Mitte, neben dem Ausguß, befindet sich ein fest eingemauerter Kupferkessel. Darunter wird Feuer gemacht. Wenn das Wasser warm genug ist, wird es mit einem Schaffl in einen zeppelinförmigen Holzbottich umgefüllt.

Vater badet als erster, dann wir zwei. Er schrubbt uns den Rücken, zeigt uns die Stellen, die besonders der Reinigung bedürfen, wie er es ausdrückt.

»Siegfried sagt, daß ich stinke.«

»Wer ist denn Siegfried«, fragt mein Vater. »Mein Banknachbar, ein ziemlicher Trottel. Er behauptet, ich sei dreckig.« Mein Vater lächelt. »Der Mann hat eine dreckige Phantasie. Es gibt Völker, die sich überhaupt nicht waschen, und sie stinken durchaus nicht. Sag ihm, er soll sich um seinen eigenen Dreck kümmern.«

Ich liebe meinen Vater. Er kommt mir manchmal vor wie ein großer Bruder. Jetzt schrubbt er meinen Rücken so fest, als wollte er Siegfried beweisen, daß er unrecht hat.

Sein Bademantel, grau und rot gestreift, klafft ein Stückchen auseinander. Ich sehe, daß er dort, wo ich meinen kleinen Schniepel habe, eine ziemlich gewaltigen Sack hängen hat. Das Ding erinnert mich an den Kragen eines Truthahns, nur nicht so rot.

DANIEL

Unser Zimmer ist gelb gestrichen, mit einem scheußlichen Muster. Wir kämpfen mit Wandmalereien dagegen an.

Mutter hat gesagt: »In eurem Zimmer dürft ihr alles tun. Das ist euer Reich.«

Unsere Höhle, sagt David.

Wir schlafen in Stockbetten, David oben, ich unten. Da er vom Reiten träumt, hat er in der Mitte des Bettes an einer festen Latte einen Steigbügel befestigt. Er steigt, wenn er in sein Bett will, mit dem rechten Fuß auf den Rand des unteren Bettes, mit dem linken, akrobatisch, in den Steigbügel, und schon ist er oben. Es geht blitzschnell.

Heute, das Licht ist schon gelöscht, beugt er sich zu mir herunter, flüstert: »Ich habe einen Plan. Wir bauen ein Baumhaus.«

Nach längerem Nachdenken habe ich ihm den Plan ausgeredet. Ein Baumhaus zu bauen erfordert Werkzeug, Material, Nägel, Schrauben usw. Der Baum wird beschädigt. Er hat es nicht gern, wenn man Nägel in ihn hineinhaut.

»Weißt du was«, sage ich zu ihm hinauf, »wir bauen eine Laubhütte, ich weiß auch schon wo.«

Oberhalb der Ferrariwiese gibt es ein kleines Plateau. Darauf stehen, in einem genauen Rechteck, wie von einem Baumeister geplant, vier kerzengerade Fichten. Kurze Aststümpfe sind vorhanden, an denen Querlatten leicht zu befestigen sind. Sie werden mit Stricken festgezurrt. Die Wände sind aus dem Laub von Haselnußstauden. Der Eingang ist so niedrig, daß man auf dem Bauch hineinkriechen muß. Das Dach wird durch die Wipfel des Baumquartetts gebildet, ganz weit oben.

Wir sitzen auf dem Boden. In der Hütte ist hellgrüne Kühle. David, der immer alles ausprobieren muß, hat etwas von dem braun verdorrten Laubwerk mitgebracht, das unser Zimmerfenster umrahmt. Es ist wilder Wein, durch die Gase der Glasmalerei, die aus dem Keller aufsteigen, abgestorben. Im Nachtkastl hat Vater eine kleine krumme Pfeife versteckt, die er aber nie raucht. (»Stammt noch aus dem Schützengraben«, sagt er.)

»Ich hab sie mir ausgeliehen, will wissen, wie dieser ›Tabak‹ schmeckt.«

Er stopft die Pfeife, sorgfältig, zündet sie mit einem Streichholz an, wie er es bei Großvater gesehen hat. Er macht ein paar tiefe Züge, wird grün im Gesicht, kriecht wie ein Wiesel aus der Hütte, und ich höre, wie er sich mühsam und offenbar auch schmerzhaft erbricht.

Als wir in die Stadt zurückkommen, brennen in allen Fenstern Kerzen. Vor manchen Häusern wehen schwarze Fahnen.

»Was ist geschehen?« frage ich einen Passanten, der sein Fahrrad nach Hause schiebt.

»Dollfuß ist ermordet worden, unser Bundeskanzler.«

»Das ist der Kleine mit dem Hahnenschwanz«, sagt David, der immer noch grün im Gesicht ist.

»Der Hahnenschwanz, den der Kleine auf seiner Mütze trägt, ist eine Spielhahnfeder, und daß sie ihn umgebracht haben, ist eine Tragödie.«

»Ich denke, Tragödien gibt's nur im Theater«, meint David.

»Mach keine Witze, jetzt ist wirklich der falsche Augenblick.«

Wir kommen an einem Fenster vorbei, in dem sechs Kerzen brennen, in der Mitte ein koloriertes Bild des kleinen Kanzlers mit Trauerflor.

»Ich wundere mich, wo sie so schnell die vielen Kerzenleuchter herhaben«, meint David. Wir schauen genauer hin. Es sind Kartoffeln, die man halbiert und zu Kerzenleuchtern umfunktioniert hat.

Vater ist nicht zu Hause. Mutter weint.

»Er ist in der Kaserne, Alarmbereitschaft.«

DAVID

Heute mußten wir beide nachsitzen. Ich hatte dem Religionslehrer als Strafarbeit einen Aufsatz über die Kreuzritter abliefern müssen. Darin hatte ich eine Zeile aus dem Gedicht (Uhland's?) über die Kreuzfahrer zitiert: »... und mancher wackre Reitersmann hat dort den Trunk sich angetan ...«

Ich schreibe also: Sie waren ein wilder, versoffener Haufen und eine unchristliche Mörderbande.

Bruder Willführ, so heißt der Reli-Lehrer, der immer fromme Schaubilder mit einem Taschenfeitl an die Tafel nagelt, stellt mich daraufhin zur Rede. Er hat einen roten Kopf und zieht mich an den Ohren.

»Wie kommst du auf einen solchen Schwachsinn?« fragt er mit einer Stimme, die vor Zorn zittert.

»Das ist kein Schwachsinn«, sage ich ziemlich laut, »denn in dem Gedicht heißt es weiter: ›... sah man zur Rechten und zur Linken einen halben Türken runter sinken ...‹«

Ich atme tief durch, weil er mir gleich eine verpassen wird.

»Also mitten ›durchgekloben‹, wie ein Stück Holz. So

was machen anständige Leute nicht. Und im Zeichen des Kreuzes ist das eine Riesensauerei.«

Also noch eine Stunde nachsitzen und Daniel gleich mit, weil er versucht hat, mich zu verteidigen.

Als wir, von der Hauptpost kommend, auf unser Haus zugehen, langsam, weil's zu Hause Stunk geben wird, hören wir einen lauten Knall.

»Wie wenn die Schützen ihre Böller abschießen«, ruft Daniel, und dann sehen wir schon, wie hinter unserer Gartenmauer graugelber Qualm aufsteigt.

Wir rennen los, wie zwei Hundertmeterläufer auf der Aschenbahn.

Das Stiegenhaus ist verwüstet, alles voller Scherben, Glas, Mosaik, Holzfetzen; die Eingangstür zu unserer Wohnung aus den Angeln gerissen, die bleiverglasten Scheiben zertrümmert. Die Bleifassung hängt wie unordentliche, schwarze Spaghetti in den ausgefransten Rahmen.

Von oben kommt käseweiß die Frau Oberverwalter Kofler die Treppe herunter, ihren Kater Kurti im Arm, mausetot.

»Das waren die Nazis«, sagt sie heiser. »Die wollen sich an meinem Mann rächen, weil bei ihm so viel Illegale einsitzen.«

Bei uns ist niemand zu Hause, aber nach zehn Minuten kommen mein Vater und Männer in Ledermänteln und mit zu kleinen Hüten.

»Die Herren sind von der Spurensicherung. Geht in die Wohnung, stört sie nicht bei der Arbeit.«

Ob wir was gesehen haben, ein Auto, eine verdächtige Person, werden wir gefragt. Außer dem Straßenkehrer, der wie immer seine Pferdeknödel zusammengefegt hat, niemand.

Am Abend sitzen wir dann beisammen. Die Stimmung ist gedrückt. Meine Mutter hält Vaters Hand. Er macht sich frei und stopft Tabak in Zigarettenhülsen mit Mundstück.

»Sie wollen unseren Staat kaputtmachen. Sie träumen von einem großdeutschen Reich. Ihre Mittel werden immer radikaler.«

Ich schreibe dies im Schein einer Taschenlampe. Das Haustor und die Wohnungstür sind nur provisorisch verschlossen, ich habe »Federn«, wie wir in der Schule sagen, d.h. eine Scheißangst, Vater schaut noch einmal in unser Zimmer. »Schlaft jetzt endlich«, sagt er, »morgen ist auch ein Tag.«

Ich sage: «Vater, erklär mir, was da los ist. Wer sind die Illegalen? Was ist ein Papierböller? Und was haben diese Leute gegen dich?«

Vater bleibt an meinem Bett stehen. Er schaut mich lange an, überlegt genau, was er sagt:

»Die Illegalen sind Nationalsozialisten. Sie waren in Deutschland, sind dort ausgebildet worden. Sie suchen sich ihre Opfer genau aus. In unserem Fall ist Herr Kofler das Ziel. Er ist zwar nur Oberverwalter, aber er leitet das hiesige Gefangenenhaus. Wenn die Nazis erwischt werden, sperrt man sie dort ein. Herr Kofler hat mit der Verurteilung der Saubande überhaupt nichts zu tun. Wir wohnen mit ihm und seiner Familie unter einem Dach, deshalb trifft es auch uns.

Das Haus gehört einem Herrn Marder. Er sympathisiert mit den Nazis. Es wird ihm gar nicht gefallen, daß seine Gesinnungsgenossen sein Haus kaputtmachen.«

»Und diese Papierböller?« frage ich.

»Das sind kleine Sprengsätze aus Schwarzpulver und Papiermaché. Sie richten nur geringen Schaden an. Das Ding in unserem Treppenhaus war aber etwas anderes. Ekrasit ist ein sehr wirkungsvoller Sprengstoff.«

»Hätte es jemand töten können?«

»Ja,« antwortet er leise. «Frau Koflers Katze zum Beispiel. Es hätte aber auch einen Menschen schwer verletzen können. Also paß gut auf, wenn du etwas Verdächtiges entdeckst. Gute Nacht.«

Ich schlafe schlecht.

DANIEL

Heute war Schulausflug.

Unser Klassenlehrer, Herr Huber, in Knickerbockern. Er hat Wadeln wie ein Storch, sagt David.

Wir kommen bis zum Peterbründl. Pausenbrote in der viereckigen Aluminiumschachtel mit Luftlöchern. Die unvermeidlichen Äpfel (die man gegen saure Gurken tauschen kann) und Neapolitaner. Aus einem rosaroten Pulver und dem Quellwasser, das träge aus dem Brunnenrohr fließt, machen wir Limonade. Es schäumt, wenn das Wasser in die inzwischen leer gegessene Aluschachtel rinnt. Das Zeug schmeckt nach Himbeersaft, aber künstlich/scheußlich.

Ich habe einem Schulkameraden von meinen Broten angeboten. Er geht immer allein, heißt Robert Schlesinger, ist vom Religionsunterricht ausgeschlossen.

»Kann ich leider nicht annehmen, wir essen nur koscher.«

»Was ist koscher, und was heißt ›wir‹?«

»Wir sind Israeliten, wie ihr das nennt, und koscher heißt, daß man Milchiges und Fleischiges trennen muss.«

»Einen Apfel vielleicht?«

»Vertrag ich nicht. Bin allergisch gegen alle möglichen Obstarten, krieg einen fürchterlichen, juckenden Ausschlag.«

Wir kommen nach Absam in die Wallfahrtskirche, wo ein Christkind aus einer kleinen Sperrholzkirche herauswakkelt, wenn man einen Schilling in den Opferstock steckt. Schlesinger bleibt draußen und verpaßt dieses wunderbare Schauspiel, was dadurch gesteigert werden kann, daß wir das arme Jesuskind ununterbrochen heraus- und hineinhetzen, bis der Mechanismus streikt und das kleine Figürchen in der halbgeöffneten Kirchentür steckenbleibt.

Auf der Heimfahrt in der Straßenbahn sitzt Robert neben mir. Ich habe noch zwei Neapolitanerschnitten. Er nimmt tatsächlich eine, und ich freue mich, wie er sie zwischen seinen Zähnen geräuschvoll zu Staub verarbeitet.

Beim Heimkommen hat David einen ausgebeulten Pullover. Er hat aus den Türkenfeldern zwei Kukuruzkolben gefladert, die wir uns, mit etwas Butter und Salz bestrichen, auf der Herdplatte braten.

DAVID

Die Bombenanschläge häufen sich jetzt. Einer im Garten, der außer einem Loch im Boden keinen Schaden anrichtet. Dann ein Böller vor dem zweiflügeligen Hoftor zur Glasmalerei, auf dem ein riesiger roter Tiroler Adler aufgemalt ist.

Das Tor flog aus den gewaltigen schmiedeeisernen Angeln, der Adler, der leider nicht fliegen kann, verlor einen Flügel, den rechten. Das, was vom Adler übrigblieb, ist jetzt braunschwarz verkohlt.

Anschlag Nr. 4. Das große Ausstellungsfenster der Glasmalerei, ca. zehn mal fünf Meter, geht zu Bruch. Ebenso die Schmerzensmadonna, die dahinter auf ihre Abreise nach Nazareth im Heiligen Land wartete, wo sie neben einer japanischen Samurai-Maria ihren Platz finden sollte, in der Verkündigungskirche, wo der Engel des Herrn die geheiligte Jungfrau heimsuchte.

Der Künstler, der sie gemacht hat, ein Herr Kaseroller Josef aus Eppan in Südtirol, sitzt den ganzen Tag mitten in den bunten Trümmern und weint.

Der Oberverwalter im zweiten Stock hat vom Hausherrn die Kündigung bekommen, bevor das ganze Haus zum Teufel geht. Aber wo soll er hin? Er hat zwei Söhne, eine kranke Frau, die pflegebedürftige Oma im Rollstuhl, und eine Wohnung ist heutzutage schwer aufzutreiben, sagt Vater. Die Versicherung des Hausherrn zahlt nicht, weil es »höhere Gewalt« ist und Bombenanschläge in der Versicherungspolice nicht aufgeführt sind. So kann's gehen!

Schlesinger ist übrigens heute nicht zum Unterricht erschienen. Der Klassenlehrer, Herr Huber, sagt: »Sie sind nach Amerika ausgewandert.«

Jetzt wird Robert vielleicht den Old Shatterhand kennenlernen und sogar Winnetou, wenn der noch nicht in den ewigen Jagdgründen ist. Robert wird bei den Indianern in einem Wigwam wohnen, und die Apatschen werden koscher für ihn kochen. Ein Glückspilz, dieser Schlesinger, war er immer; hatte lauter Einser im Zeugnis und mußte nicht zum Religionsunterricht bei Bruder Willführ.

Der hat übrigens seinen Taschenfeitl nicht mehr. (Hat ihn nach der Unterrichtsstunde in der Wandtafel steckenlassen. Ich habe Daniel stark im Verdacht, daß er ihn »an sich genommen hat«.)

Waren heute im Kaffeehaus. Wie jeden Sonntag, wenn Vater dienstfrei hat. Er raucht dann »aktive« Zigaretten, also nicht diese Selbstgestopften, ißt Malakoff-Torte, unsere Mutter und wir kriegen Cremeschnitten. Sie trinkt »echten« Bohnenkaffee, sonst gibt's ja nur TITZE-Feigenkaffee; wir trinken Kakao mit Schlagobers und dann für den Durst eine Limonade.

Sie haben dort viele Zeitungen und eine Illustrierte, den *Weltguck*.

Heute hat mein Vater eine Doppelseite aufgeschlagen, da war ein Mann abgebildet mit einer Schmacht-Tolle und einem Oberlippenbärtchen, wie eine Schuhwichsbürste. Er hatte den Arm hochgereckt, als wollte er feststellen, ob's regnet.

Meine Mutter sagt: »Er sieht aus wie Ondricek, mein Friseur ...«, und wir lachen alle.

Der Ober kommt vorbei und zischt: »Das Lachen wird euch schon noch vergehen.«

Mein Vater winkt ihn an den Tisch und zahlt wortlos.

»Heut' ka Trinkgöld«, sagt der Ober, der einen speckigen Frack anhat.

»Na«, sagt Vater, »ich hab g'hört, Nationalsozialisten dürfen so was nicht annehmen. Aber da haben's fünf Schilling, damit Sie den Frack in die Putzerei geben können.«

Er steht auf und läßt eine Visitenkarte auf dem Tisch liegen. Darauf steht – ich weiß das – Otto Hugo C. SAMMER, Oberst im Generalstab.

DANIEL

Wir fahren mit den Fahrrädern (Steyrer Waffenrad) nach W. in die Sommerfrische.

Die Fahrt ist eine Riesenanstrengung. Fast hundert Kilometer, viel Verkehr. David hält sich an einem pferdegezogenen Leiterwagen fest, kriegt Schräglage und kommt beinahe unter die Räder.

Wir wohnen hier in einem alten Bauernhaus. Hohe Betten, Wasserkrug und Lavoir.

Im Kirschbaum vor unserem Fenster singen die Vögel. Es riecht nach Kuhmist.

Wenn man durchs Zimmer geht, knarren die Holzdielen. In einem Holzhäusl mit Herz ist das Plumpsklo. Dort findet man manchmal zerschnittenes Zeitungspapier zum Hinternputzen.

Eine harte Sache.

Gehen jeden Tag zu dem kleinen Stausee schwimmen. Gestern haben wir – in alter Tradition – wieder eine Laubhütte gebaut. Aber es kam der Förster mit Hund, und wir sind davongerannt.

Unsere Großmutter ist zu Besuch. Sie ist die Mama von unserer Mutter. Sie ist sehr klein und dürr. Hat einen Buckel. (Vater sagt: »Das ist kein Buckel, sie hat Ostoporose.« Keine Ahnung, wie man das buchstabiert.)

Die Oma schaut streng, wenn wir dicke Butterbrote in uns hineinstopfen.

»Wartet's nur, wenn ein Krieg kommt«, sagt sie dann, »da werdet's euch anschauen.«

»Es kommt kein Krieg«, sagt Vater dann lachend, »wir sind eine starke Republik. Ich bin Adjutant beim Schuschnigg. Das ist ein frommer, besonnener Mann.«

Ich habe ihn gefragt, ob das der Mann mit randloser Brille auf einem Foto ist, vor dem er mit gezücktem Säbel dahermarschiert.

»Ja«, sagt er, »so was muß ein Adjutant machen. Ich mach's nicht besonders gern. Aber ich hab ja sonst nichts gelernt.«

Und wieder lacht er, und die Oma geht verärgert in die Küche.

Waren heute wieder beim Baden. Sind mit den Frotteebademänteln vom Trampolin gesprungen. Davids Mantel hat am Rücken einen Riesenriß und die Mäntel, vollgesoffen mit Wasser, sind schwer wie Blei.

Plötzlich kommt einer dahergelaufen, ich glaube, es ist der Bademeister. Er wedelt mit einem Papier. Meine

Mutter nimmt das Papier entgegen, wird blaß, fängt an zu weinen.

»Was ist?« fragen wir, ganz außer Atem.

»Onkel Carl ist gestorben, mein Bruder. Ich kann jetzt nicht reden, seid's nicht bös.«

Onkel Carl war der lustigste Onkel, den wir hatten, immer einen Witz auf Lager. Er war Hotelier in einem Kurort.

»Was hat er gehabt?« will ich wissen, »wieso stirbt er so plötzlich? War er krank?«

»Er war erst einundfünfzig, ich versteh das nicht«, sagt Mutter.

Später höre ich die Eltern in ihrer Schlafkammer tuscheln. Und wenn ich auch nicht alles verstehe, eines höre ich mit Schrecken heraus. » … er hat sich das Leben genommen …«

»Wieso bringt sich einer um, der so lustig ist? Verstehst du das, David?«

David hat auch keine Ahnung. »Er war mein Taufpate, von ihm habe ich die vergoldete Uhr. Aber eines kann ich dir sagen: Der Urlaub ist ›Tschari‹.«

Und das heißt auf gut deutsch: Die Sommerfrische ist im Eimer.

DAVID

Daniel und ich sind jetzt elf Jahre, neun Monate und zwölf Tage.

Wir waren heute auf der Maria-Theresien-Straße. Alles voller Menschen; schwarz die ganze Straße bis hinunter zum *Goldenen Dachl*. Von allen Häusern rotweißrote Fahnen. Und ein Gebrabbel und Geschrei, immer wieder HEIL ÖSTERREICH. Und welche in Tracht singen: »Auf zum Schwur, Tirolerland …« Daniel hatte Tränen in den Augen, so schön fand er's.

Neben uns hat einer »Heil Hitler« gebrüllt. Das hat ihm nicht gut getan, sofort war er in einem Knäuel von

Menschen verschwunden, und wir hörten ihn schreien, als eine Dame (Strohhut und Handtasche) mit ihrem Regenschirm auf ihn einklopfte.

Waren dann mit den Eltern bei Koflers. Der Oberverwalter hat nämlich ein Radio im Unterschied zu uns. Mein Vater sagt: »Ich mach mir die Musik selber und spiel Klavier.« Er hat einen *Bösendorfer* Stutzflügel, den er seit drei Jahren auf Raten abbezahlt.

Die Leute im Radio reden schnell. Ich versteh nur die Hälfte. (Noch dazu wienerisch!)

Irgendwas mit einer Volksabstimmung, die Österreicher sollen entscheiden, ob ihr Land weiterbestehen oder vom Deutschen Reich geschluckt werden soll.

Vater ist sehr blaß, Mutter weint, Herr Kofler ist grau im Gesicht wie Asche.

Dann spricht der Schuschnigg. Langsam, mutlos, ohne daß seine Worte bei mir ankommen.

Am Schluß sagt er: »Ich weiche der Gewalt.«

Und dann spielen sie unsere Hymne, die der Haydn komponiert hat, ein Streichquartett, sagt Herr Kofler, um irgendwas zu sagen, und dann kommt die Melodie noch einmal, gespielt von einer Militärmusik, laut und marschmäßig, und im Getöse der Blasinstrumente und Trommeln bimmeln Glöckchen, was überhaupt nicht dazupaßt.

»Das ist der Schellenbaum der Piefkes«, sagt Kofler mit einem angewiderten Gesicht.

»Jetzt gibt's Krieg«, sagt Vater, steht auf, umarmt Kofler (was er noch nie getan hat), und wir gehen.

13. März.

Heute Nacht haben sie Herrn Kofler abgeholt. Wir hörten das Gepolter im Treppenhaus. Mutter und ich schauten durch die Vorhänge des Erkerzimmers und sahen, wie Herr Oberverwalter Kofler von vier Männern in Ledermänteln in eine schwarze Limousine gestoßen wurde. Er versuchte noch zu winken, aber die Männer ließen es nicht zu.

»Wir werden ihn nicht wiedersehen«, sagte Mutter.

Heute waren wir wieder auf der Maria-Theresien-Straße. Wieder alles schwarz, voller Menschen. Und vor allen Häusern Hakenkreuzfahnen.

»Wo haben's die bloß her, so schnell?« fragt David.

Das Geschrei ist noch lauter als gestern, immer wieder HEIL HITLER. Die in Tracht singen heute: »Es zittern die morschen Knochen der Welt vor dem großen Krieg ...«, und dann heißt es: »Wir werden weitermarschieren, bis alles in Scherben fällt ...«

Neben uns hat einer »Heil Österreich« gerufen. Sofort ist er in einem Knäuel von Menschen verschwunden. Männer in braunen Uniformen (gackerlgelb) schlagen mit Knüppeln, treten mit ihren Stiefeln auf den Mann ein, den man nicht sieht, aber umso besser hört. »Hilfe«, schreit er, aber niemand hilft.

Die liebgewordene, relativ selten getragene Uniform von Dollfuß' österreichischem Jungvolk wird eingefärbt. Die Mütze mit Hahnenstoß landet im Mistkübel. Das taubengraue Hemd nimmt die gackerlgelbe Farbe widerwillig an. Aus Vaters schwarzem Lampaß wird die erste HJ-Hose, am Knie zu eng und von Anfang an speckig.

Wir dürfen in ein sogenanntes Osterlager am Achensee. Unsere Tätigkeit besteht in der Hauptsache darin, daß wir, schmatzenden Schrittes, an »Führern« vorbeigehen, mit einer zackigen Kopfbewegung und dem Heben des rechten Armes den deutschen Gruß üben.

Abends gibt's Politunterricht, Ostmark-Bewußtsein und Gulasch.

Ein Gedicht:

Es zittern die morschen Knochen der Welt vor dem großen Krieg, wir haben die Nazis gerochen und hören nur Heil und Sieg.

Sie werden weitermarschieren, bis alles in Scherben fällt, denn heute verschlucken's die OSTMARK und morgen die ganze Welt. Ojeee.

DANIEL
Ein Gedicht *(frei nach Rilke)*:
Wer jetzt kein Haus hat, baut sich keines mehr.
Wer jetzt ein Schwein ist, wird es lange bleiben,
wird lachen, aber keine Briefe schreiben
und wird in dem Gefängnis
hin und her
Patrouille schieben
IST DAS NICHT ZUM SPEIBEN?
Rainer Maria Sammer (zwölf), strengste Geheimhaltung.

Vater ist gestern von einem Lehrgang zurückgekommen. Auf seinem österreichischen Waffenrock, über der rechten Brusttasche, ist der Hoheitsadler angenäht. Pleitegeier nennen das die Erwachsenen. Daniel weint, als er das sieht, aber Vater lacht, irgendwie unecht, setzt sich ans Klavier und singt: »Was kann der Sigismund dafür, daß er so schön ist ...«

DANIEL
Heute gab's Spinat und geröstete Erdäpfel für Mutter, David und mich. Vater servierte sie liebevoll gekochtes Rindfleisch dazu, mit Apfelkren und Schnittlauchsoße.

»Seid's vorsichtig, Kinder«, sagt er. »Keine bissigen Bemerkungen. Den Major Trenck haben sie heute unehrenhaft aus der Armee entlassen, weil seine Frau Jüdin ist.«

Ich mag den Spinat nicht, er schmeckt irgendwie bitter, nach Eisen.

DAVID

Vater hat seine Versetzung bekommen. Er muß nach Potsdam, zu einem preußischen Eliteregiment. Wir haben im Atlas nachgeschaut, wo Potsdam liegt. Gleich neben Berlin.

»Der Führer«, sagt Vater und hebt den Blick zum Himmel, als wollte er sagen: »Oh Gott. Der Führer will uns alle gleichschalten. Die Preußen kommen hierher, und wir kommen nach Preußen. Das soll alles ein schöner Brei werden.«

»Gleichschaltung, das klingt so nach Elektrizität«, sagt Daniel.

»Ja«, sagt Vater. »Die preußischen Glühbirnen kommen in österreichische Gewinde. Österreichische Leuchten in piefkinesische Fassungen. Und manche werden ganz aus der Fassung kommen.«

Ein Schneider aus Aldrans, der stark nach Pfeifentabak riecht, hat Daniel und mir zwei genau gleiche Anzüge gemacht.

Hellgrauer Loden, grüne Revers mit großen Hirschhornknöpfen, die Hosen gehen nur bis zum Knie.

Morgen kauft Mutter uns Hüte: brauner Filz und rote Schnüre. »Das Zeichen der Junggesellen«, sagt Mutter.

Wer ist mit zwölf schon verheiratet?

DANIEL

Ein großer Möbelwagen ist heute gegen Mittag unten vorgefahren. Darauf steht in großen Buchstaben: HUBER, Möbeltransporte.

Grobe Männer haben alle unsere Sachen hineingestopft: die Möbel, die Tiroler Truhe vom Opapa, die Teppiche, Kisten und Schachteln und den Bösendorfer.

Mutter muß die Formalitäten erledigen, wie sie es nennt, bis zur Abfahrt des Zuges sind es noch gute drei Stunden. David und ich gehen in die Maximilianstraße zum Café *Paul,* wo der Opapa um diese Zeit Karten spielt. Wir wollen auch noch in die Herz-Jesu-Kirche hineinschauen, wo wir zwei Jahre lang ministriert haben.

Ich kauf mir bei der Kathi Weißengruber ein neues Oktavheft. Ich werde im Zug weiterschreiben. Da hab ich ja viel Zeit. Auf dem Weg zum Opapa schauen wir zum Serles hinüber, zum Patscherkofel, dann zur Frau Hitt. David fängt eine Melodie zu summen an:

»Innsbruck, ich muß dich lassen …«

»Mensch, hör auf«, sag ich wütend.

Gott sei Dank müssen wir lachen.

DAVID

Wir erreichen gerade Rosenheim.

Ein paar Minuten Schluß mit dem Gerüttel. Ein nichtssagender Bahnhof, ähnlich wie Wörgl. Viele Gleise halt. Keine Hakenkreuzfahnen, nur eine weißblaue bayerische.

Der Stationsvorsteher mit der roten Kappe steht direkt vor meinem Fenster, er setzt die Trillerpfeife an, hebt die Kelle hoch, ein langer Pfiff, und der Zug setzt sich in Bewegung.

Mutter und Daniel sitzen in einem Abteil zweiter Klasse. Daniel hatte die ganze Zeit Reisefieber. Jetzt ist er sterbensmüde, hat er gesagt, legt seinen Kopf an Mutters Schulter und schläft schon, als ich das Abteil verlasse.

Der Zugschaffner hat erlaubt, daß ich mich in sein Dienstabteil setze. Da gibt es einen Klapptisch als Unterlage für mein Oktavheft und jede Menge Stille. Bis auf das monotone Ratatatam, Ratatatam der Eisenbahn, die seit Kufstein mit Dampf fährt.

Der Schaffner hat mir seine Dienstmütze gegeben und grinsend gesagt, ich muß sie aufsetzen, damit mich die Leute für einen Kollegen halten. Die Mütze ist mir zu groß, und sie riecht nach fettigem Haar.

Er hat mir noch eine Thermosflasche hingestellt und einen Emaillebecher.

»Kamillentee, falls du Durst hast. Kannst ihn ruhig austrinken. Kamillentee ist so ungefähr das Grauslichste, was ich kenne. Er wird dir gut tun, behauptet jedenfalls meine Frau.«

Damit ist er draußen, und ich bin allein mit meinem Oktavheft.

Großvater, also der Opapa, war übrigens nicht im Café *Paul*.

Die Herz-Jesu-Kirche war abgesperrt, wegen Reparaturarbeiten.

Um halb zwölf kam dann ein Gepäckträger mit Rollwagen, lud unsere Koffer und Schachteln auf, darunter eine runde Hutschachtel aus schwarzem Leder.

Wir winkten der Frau Kofler zum Abschied, Mutter weinte wieder ein bißchen, Daniel und ich halfen dem Dienstmann beim Schieben.

Auf dem Perron wurden alle Gepäckstücke noch einmal gezählt und dann im Abteil in den Gepäcknetzen verstaut. Mutter gab jedem von uns einen Fünfer, als Trinkgeld für den Dienstmann. Er zog die Mütze und bedankte sich artig. Dann standen wir alle drei im Gang am Fenster, das die Mutter herunterdrückte.

Hinter einem Pfeiler tauchte plötzlich der Opapa auf, in der Paradeuniform der Kaiserschützen, die Stiefel blank gewichst, den verchromten Säbel an der Seite. Der Dienstmann hielt ihm die geöffnete Hutschachtel hin, und der Opapa holte den Paradehelm heraus, mit Federbusch, und setzte ihn auf. Er winkte einem ebenfalls uniformierten Soldaten, der hinter dem Pfeiler gewartet hatte, und als sich der Zug langsam in Bewegung setzte, präsentierte der Opapa seinen blitzenden Säbel, und der Mann, der sich als Trompeter entpuppte, spielte: »Muß i denn, muß i denn zum Städele hinaus ...«

Plötzlich warf der Opapa dem verdutzten Dienstmann, der immer noch mit der Hutschachtel dastand, seinen Säbel zu und rannte hinter dem Zug her.

Der blaugrün schillernde Federnbusch glänzte in der Sonne, die Federn flatterten im Fahrtwind waagerecht nach hinten, und als er unser Fenster erreichte, warf er zwei kleine Beutel wohlgezielt zu Daniel und zu mir und schrie ein bißchen atemlos: »Paßt's mir bloß auf die Mama auf ... !«

In unseren Beuteln war übrigens je eine goldene Hundertkronen-Münze mit dem Doppeladler.

Ich hör richtig, wie die Omama ihn ausschimpft: »Geh, du alter Dedel, hast heut wieder amal deine Spendierhosen an, aber die Kohlen für den nächsten Winter hast immer noch nit zahlt ...«

Dann legt sich der Opapa unter seinen Birnbaum, zieht den Jägerhut tief ins Gesicht und schläft. Und ab und zu furzt er gemütlich, und wenn er aufwacht, stopft er sich sein »Nagele«, eine kleine krumme Pfeife, mit dem Mittelfinger der rechten Hand. Dieser Finger ist Gegenstand unserer größten Bewunderung, denn seit einer Wirtshauswette, die mit Hirschfängern auf der Tischplatte ausgetragen wurde, ist dieser Finger steif und offenbar auch gefühllos, da der Opapa die glühend heiße Pfeife damit stopfen kann.

Wenn das Nagele brennt, ruft er seinen Hund, eine Gebirgsbracke mit dem phantasievollen Namen Waldi, und weg ist er. Nach ein paar Stunden kommt er heim, hängt sein Jagdgewehr an den Nagel und feuert seine Bergschuhe in die Ecke.

»Hast wenigstens was g'schossen?« ruft die Omama aus der Küche.

»Na, g'schossen hab' i nix«, sagt der Opapa, »aber i hab dir was mitbracht.«

Neugierig kommt die Omama mit einer dampfenden Kanne Kaffee.

Der Opapa überreicht ihr einen Strunk Rosenkohl, den er unterwegs aus einem Gemüsegarten hat mitgehen lassen.

»Weil ich ja heut meine Spendierhosen anhab«, sagt er schmunzelnd.

»Der Palfinger hat mi übrigens erwischt, kennst'n eh, den dreimal Vorbestraften, und er hat g'sagt, er zeigt mi an, wegen Mundraub ...«

Die Oma schenkt ihm Kaffee ein, streichelt ihm über die weißen, widerspenstigen Haare, und im Hinausgehen singt sie: »Schenkt man sich Rosen in Tirol ...«

München ist ein Kopfbahnhof.

Das heißt, daß die Lok vorn abgekoppelt wird, und am Schwanz des Zuges wird eine andere Lokomotive vorgespannt, die die Waggons arschlings aus dem Bahnhof herauszieht. Die Mama kauft uns jedem ein Paar Würstl.

Auf einem Transparent steht: Ein Volk, ein Reich, ein Führer.

Irgendwann hinter Nürnberg (die Leute reden hier schon ganz anders) kommt der Schaffner und sagt, daß ich das Abteil jetzt verlassen muß, weil sein Dienst hier zu Ende ist.

Ich schreibe noch schnell diese Zeilen:

ENDE DES TAGEBUCHS. Es beginnt jetzt ein neues Leben. Keine Ahnung, wie es sein wird. Daniel wird schon alles Wichtige aufschreiben. Ich habe Angst vor dem, was kommen wird. Ich weiß, daß ich den Opapa nimmer wiedersehen werde.

DANIEL

In Berlin, Anhalter Bahnhof.

Vater holt uns ab. Sein Fahrer verlädt unsere Sachen in einen Dienstwagen.

»Wir bummeln durch die Stadt«, sagt Vater. Ich habe den Eindruck, daß er anders geworden ist, älter.

Schöne Fassaden, riesige Häuserschluchten. (Das »Hochhaus« in Innsbruck hat sieben Stockwerke!) Drehtüren, Polizisten hoch zu Roß. An manchen Stellen riecht's nach Pferdeäpfeln.

Bahnhof Zoo. Beim Aschinger gibt's die kleinsten Semmeln, die ich je sah. Sie heißen Schrippen oder Knüppel, und man darf essen, so viele man will. Dazu Erbsensuppe.

Mutter sagt schmunzelnd: »Weißt du noch damals, dein Aufstand gegen meine Erbsensuppe?«

»Ja«, sag ich, aus der großen Terrine löffelnd, »deine Suppe schmeckte grauslich, ich hab so viel Salz hineingetan, daß man sie nicht mehr essen konnte. Da wurde ich aus der Küche geschmissen. Draußen hab ich dann Zucker in die Suppe getan, weil ich dachte, dann schmeckt sie nicht mehr so salzig. Ich bin leise zum Klo geschlichen und hab deine Suppe hinuntergespült. Als ich mit dem leeren Teller zurückkam, sagtest du: ›Siehst du, es geht doch, wer Essen wegwirft, begeht eine Sünde ...‹, aber die Suppe hier beim Aschinger schmeckt tadellos.«

Vater geht mit Mutter eingehängt. Ab und zu bleiben sie stehen und küssen sich. In einem Restaurant (ich halte mir immer die Nase zu, wenn ich »Restaurant« sage, damit's französisch klingen soll), also in einem Restaurant mit Wänden aus dunkelbraunem Holz, einer Drehtür und viel Messing bestellt Vater eine Flasche »Schampus«. Wir dürfen kosten.

Mein Vater geht jetzt noch aufrechter. Ich habe immer diese aufrechte Haltung bewundert, seine klaren, freundlichen Augen und seinen federnden Gang.

Einmal, in einem Gasthausgarten in Innsbruck, wo ich mir eine Limonade spendierte (ich habe mir Extra-Taschengeld verdient, weil ich den Koflers beim Transport ihrer Briketts in den Keller geholfen habe), also in diesem Gasthausgarten mit eisernen Tischen und eisernen Klappstühlen setzte sich ein Mann zu mir.

Er hinkt ein bißchen, und als er seine Hände auf den Tisch legt, sehe ich, daß er an der rechten Hand einen Lederhandschuh trägt und daß diese Hand irgendwie falsch aussieht – künstlich –; er schlägt den rechten Unterarm auf die Blechplatte, und das klingt wie Holz auf Eisen, und er sagt lachend: »Brauchst nicht lang drumherum reden, der Arm ist aus Holz, eine Prothese, und gelassen hab ich ihn auf dem Pasubio für Gott, Kaiser und Vaterland, und dein Vater war mein Kommandant, mein Kompanieführer, wenn du verstehst, was ich meine.«

»Das tut mir leid, das mit dem Arm«, sage ich verdattert.

»Braucht dir nicht leid zu tun. Dein Vater kann ja nichts für das italienische Schrapnell, das mir den Arm zerfetzt hat. Er hat am gleichen Tag einen Lungensteckschuss erwischt, auch nix zum Lachen, weil, für Lungen gibt's noch keine Prothesen. Du bist doch der Sammer-Bub, oder? Und hast einen Zwillingsbruder, oder?«

»Ja«, sage ich und starre auf den schwarz glänzenden Handschuh mit den viel zu regelmäßigen Wurstfingern.

»Zahlst mir a Bier?« fragt er. »Die Invalidenrente ist an jedem Fünfzehnten tschari, und i hab an damischen Durst.«

Ich zahle also das Bier, schau ihm in die traurigen Augen, warte auf ein Dankeschön oder Vergeltsgott und sehe plötzlich, daß er weint.

Weinende Männer mag ich nicht anschauen, also schau ich in meine Limonade, die zu prickeln aufgehört hat.

»Dein Vater ist ein wunderbarer Mensch«, hör ich ihn sagen. »Der Mensch hat uns geholfen, den Krieg zu überstehen. War immer gut zu uns. War immer der letzte, der was verlangt hat. Vor versammelter Kompanie hat er einmal gesagt: ›ich mag keine Arschkriecher und Duckmäuser. Ich will euch als Partner, und Partner könnt ihr nur sein, wenn ihr den aufrechten Gang geht.‹ Und einmal nimmt er mich zur Seite, am Abend, im Unterstand zwischen lauter Sandsäcken und da sagt er: ›Wir sitzen in einem Boot. Wir rudern gemeinsam, und ich sag euch, wo's hingeht. Aber ich bin ein Mensch, wie du, und ich kann mich irren und was Falsches sagen. Darum sei wie ein Lachs, der schwimmt gegen den Strom.‹

Als mein Arm in Fetzen herunterhing, hat er mich auf seinen Schultern durchs Sperrfeuer getragen, und als ich mich bedanken will, sagt er: ›Bedank dich beim lieben Gott.‹ Eine Stunde später wird er ins Feldlazarett getragen, röchelt nur noch und wird ohne Narkose operiert, weil sie keine Medikamente mehr haben. Nach ein paar Stunden kommt er zu sich, winkt zu mir herüber, und ich sag: ›Bedank dich beim Feldscher, der dich operiert hat und nicht bei deinem lieben Gott …‹.«

Der Mann steht auf, trinkt im Stehen das Bier aus, legt mir die Hand auf die Schulter und sagt: »Dein Vater ist ein feiner Mensch, der beste, den ich getroffen hab. Kannst stolz auf ihn sein.«

Im Weggehen dreht er sich noch einmal um: »Sei ein Lachs«, sagt er lachend, »schwimm gegen den Strom.«

POTSDAM

Jetzt ist alles gleichgeschaltet. Alle schwimmen mit dem Strom – mit diesem vaterländischen Strom.

Butter und Rahm gibt's auf Lebensmittelmarken. Unsere Mitschüler sind ekelhaft zu uns. Sie behandeln uns wie Eingeborene aus einem Negerkral. Auf der Herbstmesse gab's nämlich einmal so ein Negerdorf, und die Zuschauer glotzten die Schwarzen an und lachten über sie. So geht's jetzt uns. Den Negern war das wurscht. Uns ist das nicht wurscht. Die Jungen spielen mit unseren Hüten Fußball, versuchen unsere Sprache nachzuäffen und nehmen uns die Pausenbrote weg.

Wir haben unseren Turnlehrer, Herrn Plankensteiner, gebeten, daß er uns Boxunterricht gibt. Herr Plankensteiner ist Landesmeister oder Gaumeister im Schnellgehen und trägt das Parteiabzeichen am Revers.

Er ist von unserer Bitte gebauchpinselt, weil er weiß, daß unser Vater Oberst ist.

Heute in der Trainingsstunde hat David Herrn Plankensteiner k.o. geschlagen, aus Versehen. Herr Plankensteiner achtete nicht genügend auf seine Deckung, und David landete eine gestreckte Rechte an seinem Nußknackerkinn. Als Herr Plankensteiner zu sich kam, schüttelte er sich kurz, rieb sein Kinn und rief anerkennend: »Hart wie Kruppstahl, zäh wie Leder, flink wie Windhunde.« Dabei klopfte er David gönnerhaft auf die Schulter. »Gratuliere, Junge«, sagte er noch, »Empfehlungen an den Herrn Papa.«

Wir können jetzt schon piefkinesisch reden. Die Klassenkameraden sind betont freundlich. Wir haben ihnen den Schneid abgekauft.

Bodo, mein Banknachbar, hat mir geraten, Jungvolkführer zu werden. »HJ is nischt, da wirste fertiggemacht. Aber bei die Pimpfe, da wirste sofort Führer, und dann sagst du, wo's langgeht.«

David hat mich heute gefragt: »Willst du wissen, wer von unseren Lehrern Nazi ist?« Ich fragte ihn: »Woran merkt man das?« – »Wenn er in der Früh in die Klasse kommt, den Arm wie ein Verkehrspolizist ausstreckt und ›Heil Hitler‹ schreit, ist er entweder Nazi, oder er hat Dreck am Stecken. Wenn die Hand nur kurz in die Luft wedelt, als wäre ihm irgendwas lästig, und sein ›Heil Hitler‹ klingt wie der Ansatz zum Rosenkranzbeten, ist er ganz bestimmt kein Nazi. Wenn er, wie unser Lateinlehrer Scholl, laut und prononciert betet, ist er Antinazi.«

Ich kann dessen Gebet schon auswendig: Nun aufwärts froh den Blick gewandt und vorwärts fest den Schritt, wir geh'n an unsres Meisters Hand, und unser Herr geht mit.

Heute hat Hitler Polen den Krieg erklärt. Unsere Straße ist vollgestopft mit Militärfahrzeugen und Soldaten. Vater ist nach Ostpreußen verlegt worden. Zum ersten Mal gab's Probealarm. Die Sirenen jaulen wie große Hunde bei Vollmond.

Die Feldpostbriefe kommen selten und unregelmäßig. Manchmal drei am Tag, dann wieder wochenlang keiner. Mama ist traurig. David und ich nennen sie jetzt Mama. Wir sind zu dem Schluß gekommen, daß Mutti oder gar Muttl oder andere Diminutive lächerlich klingen und der Stärke unserer Mutter nicht gerecht werden. Sie ist dünn geworden, »ganz durchsichtig«, hat David gesagt. Sehr blaß, obwohl sie viel allein spazieren geht. Das Kochen macht ihr keinen Spaß, es gibt ja auch nichts, Runkelrüben hauptsächlich, und die kannst du zubereiten, wie du willst, der eklige, süßlich fade Geschmack bleibt.

DAVID

Daniel steigt unaufhaltsam in der Hierarchie der Hitlerjugend auf, er sammelt Winkel und Sterne. Ich schaue gelegentlich zu, wenn er seinen Dienst abhält. Er jagt die kleinen Buben über den Acker, daß es nur so staubt, und gibt im theoretischen Unterricht Leitsätze von sich, die, von den entsprechenden Vorgesetzten zur Kenntnis genommen, seinen sofortigen Ausschluß aus dem Verein zur Folge gehabt hätten.

DANIEL

Vater ist längst Regimentskommandeur, schon seit Kriegsanfang. Jetzt ist er »im Feld«, schon lange. Ich frage mich, was das heißt, »im Feld«. Im Feld stehen Rüben oder der Kukuruz, den David so gerne geklaut hat, auch der Weizen oder das üppige Kraut der Kartoffeln. Aber ich glaube nicht, daß Vater so bewegungslos dasteht wie eine Vogelscheuche. Ich glaube eher, daß er mit blitzendem Säbel seinen Männern voranschreitet, wenn sie die Schanzen des Feindes überrennen. Ich habe das in einem Film über Langemarck gesehen. Die Männer sind umgefallen wie die Kegel bei «Alle Neune«, nur der Matthias Wiemann blieb übrig. Das war der mit dem Säbel. Dann war allerdings Fliegeralarm, und ich weiß nicht, wie der Film zu Ende geht.

Heute hatte Mama Besuch.

Ein Major von Treskow stand vor der Tür, als ich aufmachte. Meine Mutter begrüßte ihn sehr herzlich, sie kannten sich offenbar. Mit einer Kopfbewegung gab sie mir zu verstehen, daß ich verschwinden sollte. Natürlich habe ich gelauscht, und natürlich konnte ich nur Bruchstücke verstehen. Ich hörte, daß Vater zum General befördert worden sei und daß er jetzt eine Division kommandiere. Wo, das war leider sehr undeutlich, weil Treskow seine Stimme senkte – irgendwas mit Arabien.

(Ich habe später auf der Südosteuropa-Karte nachgesehen und bin auf Bessarabien gestoßen, russische Südfront, Nachbar Rumänien.)

Treskow sagte noch, daß der Krieg in eine kritische Phase getreten sei. Dann ging er, nicht ohne meiner Mutter die Hand geküßt zu haben. Etwas zu lang, wie es mir vorkam.

Wir haben ein neues Arrangement getroffen, was die Schlafzimmer betrifft. Da sich die Fliegeralarme jetzt häufen, wurde ein Notbett in Mutters Zimmer aufgestellt. Einer von uns darf im Ehebett bei Mama liegen, der andere schläft im Notbett. Jede Woche tauschen wir.

Es ist wunderbar, Mutters leisen Atem zu hören und ihre Nähe zu spüren. Wenn sie schläft, riecht sie besonders gut.

Kommt dann Fliegeralarm, ist sie sofort hellwach und weckt uns, weil wir das Heulen der Sirenen regelmäßig verpennen.

Im Keller sitzen wir drei nebeneinander. Mutter schaut oft nach oben, wo viele Heizungsrohre entlanglaufen. Wenn die uns so ein 500-Kilo-Ding aufs Dach setzen, dann Adieu, du mein lieb's Heimatland, dann werden wir in der heißen Brühe gekocht.

David und ich verschwinden jedes Mal schon vor Ende des Alarmes, klettern auf den Dachboden des gegenüberliegenden Hauses und durch eine Luke nach draußen. Der Himmel im Osten ist blutrot. Dort liegt Berlin, und wir fragen uns jedes Mal, ob Kempert noch lebt, unser neuer Klassenlehrer, der wohnt nämlich in Steglitz.

DAVID

Gestern war wieder Alarm. Auf dem Rückweg vom Dach gehen wir immer durch die Gärten. Plötzlich kreuzen drei merkwürdige Gestalten auf. Es waren Italiener, offenbar nach der Kapitulation in deutsche Gefangenschaft geraten. Sie hatten trotz Hitze dicke Mäntel umgehängt und waren erschreckend mager. Die Augen lagen tief in den Höhlen, dunkel umrandet. Die Männer sprachen leise miteinander und gingen dann zu den Mülltonnen. Sorgfältig begannen sie darin zu graben, brachten Käserinden zum Vorschein, abgenagte Knochen und Kartoffelschalen. Hauptsächlich Kartoffelschalen. Sie stopften sich die Beute mit schmutzigen Fingern in den Mund.

Daniel stand plötzlich auf, ging auf die Italiener zu, die ängstlich zurückwichen. Ich sah ihn kurz mit ihnen sprechen. Dann lief er ins Haus. Die Gefangenen hockten sich auf die Fersen wie Araber und warteten. Ihre Gesichter wirkten jetzt friedlich. Sie teilten sich eine Zigarettenkippe, die sie an einer Haarnadel zum Mund führten, weil sie so kurz war.

Dann kam Daniel zurück. Er hatte ein Glas Marmelade, eine Schachtel mit Früchtewürfeln, die es manchmal auf einen Sonderabschnitt der Zuckerkarte gab, und eine kleine Emailleschüssel voll gekochter Kartoffeln mitgebracht. Diese Gaben überreichte er den drei Männern, die dankbar nickten. Der kleinste klatschte vor Freude in die Hände und machte Daniel mit dem Daumen ein Kreuz auf die Stirn. Der stand hilflos mit der leeren Schüssel da, kam zu mir zurück.

In dem Moment taucht Wrasinski auf, der Blockwart. Er packte Daniel am Arm, riß ihn herum, schrie was von Anzeigeerstatten und Aufhängen. Daniel sprach leise auf ihn ein, entschuldigte sich. Schließlich ging er noch mal in den Keller und brachte auch dem Blockwart ein Glas Marmelade. »Au Scheiße«, sagte Daniel, als der Wrasinski weg war, »ich hab immer gewußt, daß der ein Arschloch ist.«

Dann stieß er einen schrillen Freudenschrei aus, raste im Zickzack durch den Garten und zertrampelte sämtliche Beete, vornehmlich die des Blockwartes.

DANIEL

Heute kam Treskow schon wieder. Diesmal in Begleitung eines Offiziers in fremder Uniform. »Darf ich vorstellen, Oberst Popescu, Militärattaché der rumänischen Botschaft«, sagte er bedeutungsvoll mit einer Verbeugung und angedeutetem Handkuß. Dann überreichte der Popescu Mutter ein elegantes Kästchen und eine Urkunde.

»Im Namen der rumänischen Armeeführung darf ich Ihnen das große Kommandeurskreuz am Bande stellvertretend für Ihren Herrn Gemahl, General Sammer, überreichen«, sagte er in gebrochenem Deutsch. Treskow räusperte sich. »General Sammer gilt seit fünf Tagen als vermißt. Er befand sich auf einen Flug ins Armeehauptquartier. Die Maschine ist verschollen. Es tut mir sehr leid, Ihnen das mitteilen zu müssen.«

Unsere Mutter setzte sich erst einmal hin. Ich werde diesen fassungslosen Gesichtsausdruck nie vergessen, mit dem sie die beiden Herren ansah. Dann schloß sie die Augen und sagte fast unhörbar: »Bitte, lassen Sie mich allein. Bitte … haben Sie Verständnis, wenn ich jetzt allein sein möchte.«

Die Herren grüßten militärisch und gingen wortlos.

In der Wohnungstür drehte sich Treskow noch einmal nach mir um: »Wenn wir Neuigkeiten erfahren, werden wir Ihre Frau Mutter sofort telefonisch in Kenntnis setzen.«

In einem feldgrau gespritzten Mercedes fuhren sie davon, nachdem sich jeder eine Zigarette angezündet hatte.

Mama ißt nichts.

Sie geht stundenlang in der Wohnung auf und ab. Alle paar Minuten ruft sie eine bestimmte Nummer an. Resigniert legt sie jedes Mal auf, setzt ihren Marsch fort.

David hat irgendwo drei italienische Zitronen aufgetrieben. »Gegen zwei Päckchen Zigaretten«, sagt er, während er sorgfältig eine Limonade mit Sacharin zubereitet. Mutter trinkt widerwillig in kleinen Schlucken.

Zehn Tage sind vergangen. Mutter ist ein Schatten ihrer selbst. Es wird fast nichts geredet. Jedes Wort tut weh. Ich kann dem Unterricht in der Schule kaum folgen.

David geht in der Früh mit mir aus dem Haus, aber zur Schule geht er nicht. Er schreibt sich selber Entschuldigungszettel, die ich bei Kempert abgeben muß.

Ich frage David, was er die ganze Zeit macht.

Er hat einen Hauptfeldwebel kennen gelernt, der als Stallmeister der Kavallerie Pferde eines Ersatzregimentes betreut. Er hat keine Hilfskräfte außer zwei serbischen Kriegsgefangenen. Dort also verbringt David seine Tage, mistet den Stall aus, putzt die Pferde, füttert und tränkt sie. Gestern durfte er zum ersten Mal reiten. Er flog in hohem Bogen herunter und ist seither etwas lendenlahm. »Der alte Zausel ist ein grober Hund, hat einen Haß auf hohe Offiziere«, sagt er zähneknirschend. »Als ich gerade gemütlich dahintrabe, zischt er dem Gaul mit der Peitsche eins über. Die Senta, so heißt die Stute, geht durch, ich kann mich noch ein paar Sekunden halten, aber dann bin ich schon unten, kopfüberarsch. Und der alte Scheißer lacht sich halbtot, und während er die Stute einfängt und beruhigt, sagt er zu allem Überfluß: ›Du hast Talent, Jungchen, das hab ich gleich gesehen …‹.«

Als ich aus der Schule nach Haus komme, klingelt das Telefon.

»Frau General Sammer«, sagt eine offizielle Stimme. Meine Mutter nimmt mir den Hörer aus der Hand. Ich sehe, wie sich ihre Züge aufhellen, und dann schreit sie: »Danke, danke, danke« und knallt den Hörer auf. Eine Weile sitzt sie nur da, stumm. Ihre Wangen sind gerötet, und in ihren Augen und dann um die Mundwinkel erscheint ein erstauntes, nicht sehr intelligent wirkendes Lächeln, und jetzt lacht sie hemmungslos und weint und lacht und weint.

»Der Vatl lebt«, sagt sie schluchzend, und dann packt sie mich und tanzt mit mir durch die Wohnung, und dann packt sie den David und schwenkt ihn herum, und zum Schluß tanzen wir alle drei, und wenn das jemand sehen könnte, was im ersten Stock eher unwahrscheinlich ist, würde er denken: Da sind drei verrückt geworden.

Wieder sind zehn Tage vergangen. Zwischen Hoffen und Bangen und hemmungsloser Euphorie. Mutter ißt wieder. Ab und zu raucht sie ungeschickt eine bulgarische Zigarette.

David geht wieder zur Schule. Im Lateinunterricht hält er einen Vortrag über das Reinigen des Stahls von Pferdehufen.

Ich darf inzwischen als Fähnleinführer eine grünweiße Kordel tragen. In der Uniform gehe ich auch zur Beichte. Der Beichtvater fragt durchs Gitter: »Was hast du da für eine Schnur?«

»Ich bin Pimpfenführer, Hochwürden, genauer gesagt Fähnleinführer.«

»Was sagst du denn so deinen Pimpfen, was bringst du ihnen bei?«

»Na ja«, sag ich, etwas aus dem Konzept gebracht. »Ich bring ihnen Lieder bei, wir machen Geländespiele, sie lernen, wie ein Kompaß funktioniert – und letzte Woche habe ich ihnen was zum Muttertag gesagt.«

»Was hast du ihnen denn da gesagt, hm?«

»Na ja«, ich stottere ein bißchen, »sie sollen ihrer Mutter gefälligst Blumen schenken, aber möglichst keine geklauten ...«

Der Beichtvater schmunzelt. »Ego te absolvo de peccatis tuis ...«, und vor dem Amen fügt er hinzu: «Komm doch das nächste Mal als Mensch, nicht in dieser blöden Verkleidung, Herr Fähnleinführer ...«

Er ist da. ER IST DA!!! Um halb zwei in der Nacht wird Sturm geläutet. Wir stürzen ans Fenster. Unten, schattenhaft, eine Limousine mit den typischen Verdunkelungsschlitzen. Daneben steht eine männliche Gestalt, den rechten Arm zum Hitlergruß erhoben. Mutter öffnet das Fenster: »Wer ist denn da?«

»Ich bin's«, kommt von unten zurück, leise mit Vaters Stimme.

Er geht, den Arm marionettenhaft hochgereckt, auf die Haustüre zu. Der Summer des elektrischen Türöffners brummt lange, bis die Tür unten aufgestoßen wird. Dann steht er da, in einer schmucklosen Uniform, ohne Orden, den Kopf in einem dicken Verband, den rechten Arm in einer Metallschiene zum »Stuka« erhoben. Mutter umarmt ihn wortlos. Sie verharren lange in dieser Umarmung, dann kommen wir an die Reihe, es wird geherzt und gedrückt und geküßt, bis es Vater zu blöd wird.

»Darf ich jetzt endlich in die Wohnung?«

Er winkt einem Soldaten, der hinter ihm die Treppe heraufgekommen ist und verlegen lächelnd mit zwei Schachteln in den Händen dasteht.

Dann sitzen wir um den Küchentisch. Die eine Schachtel wird auf Vaters Befehl ausgepackt. Darin sind eine gerupfte Gans, eine Flasche Rotwein und mehrere Fläschchen Rosenwasser. David macht die Weinflasche auf wie ein routinierter Kellner und imitiert irgendwie täuschend echt das Knallen eines Sektkorkens. Mutter holt die Blechdose aus der Kommode. Sie hat heimlich Vaters Lieblingskekse gebacken; weiß der Kuckuck, womit.

Vater spricht langsam, beinahe unwillig. Nimmt immer wieder kleine Schlucke aus dem Weinglas, fischt sich einen Keks aus der Dose und läßt ihn angebissen auf dem Tisch liegen.

Ich fasse seinen Bericht stichwortartig zusammen:

Er wird ins Armeehauptquartier befohlen. Ein Fieseler Storch soll sie dort hinbringen, an Bord der Pilot und noch zwei Stabsoffiziere. Der Pilot irrt sich offenbar bei den Landekoordinaten. Als der Storch zum Sinkflug ansetzt, geraten sie in heftiges Maschinengewehrfeuer. Mein Vater, der rechts sitzt, wird an der Schulter getroffen.

Die Maschine kann sich noch zehn Minuten halten, dann setzt der Pilot zu einer Notlandung an, streift einen Baumwipfel, und die Maschine schmiert ab. Bei dem heftigen Aufprall werden der Pilot und der Major neben meinem Vater getötet. Er selbst wird gegen die Frontscheibe geschleudert, daher die Kopfverletzung. Er versucht mit dem rechten Arm den Aufprall zu mildern. Resultat: eine komplizierte Fraktur (Vater nennt es Splitterbruch) des rechten Armes, dazu eine Knieverletzung.

Der zweite Überlebende, ein junger Oberstleutnant (hoch dekoriert), trägt schwere Verletzungen davon, Schnittwunden am linken Handgelenk und im Bereich der Halsschlagader.

Großer Blutverlust. Oberstleutnant Fendrich stirbt in den Armen meines Vaters. Der entledigt sich seiner Uniform, vergräbt sie notdürftig, was nur mit der unverletzten linken Hand schwierig ist. Er findet einen Monteursoverall im Heck der Maschine, entfernt mit dem Taschenmesser alle Rangabzeichen, zieht dem toten Piloten die Schuhe aus und merkt, als er sie anzieht, daß sie ihm zu klein sind.

Trotzdem tritt er in dieser Ausstaffierung den Weg zu den eigenen Linien an, orientiert sich mit seiner Taschenuhr. Kommt in der Abenddämmerung, mit heftigen Schmerzen, an einen deutschen Vorposten, schwenkt ein weißes Taschentuch an einem Ast, den er abgebrochen hat, wird gefangengenommen und anhand der Erkennungsmarke identifiziert. In einem Feldlazarett wird er notoperiert, der Arm geschient. Am rechten Knie hat er schwere Prellungen abbekommen, dazu einen Bruch des Oberschenkels. Eine Transportmaschine bringt ihn nach Wien. Dann qualvolle Zugfahrt bis Berlin – und jetzt ist er da.

Ich studiere die Stuka-Schiene genau. Der Arm ruht auf einer Holzauflage und wird von einem Drahtgeflecht festgehalten. Für mich sieht das Ding aus wie eine lange, überdimensionale Mausefalle.

Die Eltern gehen zu Bett.

Wir schlafen wieder im Kinderzimmer. David sagt vor dem Schlafengehen: »So redet einer, der dem Tod von der Hippe gesprungen ist.«

Etwas Erfreuliches: Vater wird mindestens drei Monate nicht felddiensttauglich sein.

Die Gans wird in Ermangelung eines Kühlschrankes

auf dem Balkon gelagert. Sie soll zur Feier von Vaters fünfzigsten Geburtstag in vierzehn Tagen gebraten werden. Das hat Mama verfügt.

Vaters Geburtstag ist vorbei. Es gab Spinat und für ihn Rindfleisch. Die Gans hat nämlich schon gestunken, als sie ausgepackt wurde.

Mutter hängte Vater das rumänische Kommandeurskreuz um den Hals.

Er setzte sich ans Klavier und spielte »Was kann der Sigismund dafür, dass er so schön ist …«.

Ich habe allmählich Verdacht, daß er nur dieses Lied kann.

Die Ereignisse haben sich überschlagen.

(Ein komisches Bild, wie die Ereignisse herumwirbeln, als ob sie reckturnten.)

Ich könnte auch schreiben, unser Leben ist aus den Fugen geraten. Mein Gott, wie arm unsere Sprache ist! Als ob das Leben wie eine Kiste zusammengezimmert wäre, und die Bretter gerieten aus den Fugen. Ich habe nicht viel Zeit und kann nur stichwortartig berichten.

Vater war in einer Rehabilitationsklinik im Riesengebirge. Das hat den Vorteil, daß es dort keine Fliegeralarme gibt.

Als er zurückkam, hat er stark gehinkt – eine weitere Operation des Oberschenkelbruches ist notwendig.

Nach Meldung im OKH wird er im Frühjahr 1943 an die Nordfront versetzt, als Distriktkommandeur. Ich habe belauscht, daß es Nordnorwegen ist. Das hat er Mutter unter dem Siegel strengster Geheimhaltung mitgeteilt. Gott sei Dank ist dort der Krieg längst vorüber, es handelt sich um Küstensicherung an der Nordflanke.

Mutter ist zum Kriegshilfsdienst einberufen worden. Sie arbeitet, obwohl Frau eines Generals – oder gerade deswegen –, in einer Munitionsfabrik. David macht jede zweite Nacht Luftschutz- und Wachdienst im Kavalleriestall bei seinem mürrischen Hauptwachtmeister Jahnke. (Er hat gesagt: »Ein Wachtmeister, der am liebsten schläft, ist das nicht ein Witz?«)

Ich bin in ein Wehrertüchtigungslager in Polen einberufen. Ausbilder sollen Waffen-SS-Leute sein. (Vorsicht!)

Immer häufiger machen feindliche Flugzeuge, offenbar von der Flak getroffen, Notabwürfe ihrer Bombenlast über unserer Stadt. Sie treffen logischerweise ganz willkürlich zivile Einrichtungen, Schulen, Krankenhäuser, Kindergärten, wo nachts gottlob keine Kinder sind.

Unser Klassenlehrer Kempert wurde letzte Nacht ausgebombt. Wo ist die schöne, friedliche Innsbrucker Zeit?

Bevor ich nach Polen gehe, habe ich fast jede Nacht Luftschutz- und Bereitschaftsdienst in unserer Schule. (Viele meiner Klassenkameraden sind Flakhelfer geworden. Lehmhaug, der zweimal sitzen geblieben war, also zwei Jahre älter ist als wir, kam neulich von der Front zurück und besuchte die Klasse. Er hat das EK eins.)

Mein Freund R., ich nenne ihn Radieschen, ist mit mir zum Nachtdienst eingeteilt. Er hat sich, wie ich, freiwillig gemeldet, will unbedingt zur Marine und träumt davon, obwohl einen Meter siebenundachtzig lang, einmal in einem U-Boot zu fahren. (Wir haben zusammen den Film »Morgenrot« gesehen!)

Man hat uns ein kleines Kellerzimmer, das der Pedell früher als Abstellkammer benutzte, als »Wachlokal« zugewiesen.

Haben's uns gemütlich eingerichtet. Zwei Feldbetten, Radioapparat, Tisch mit zwei Stühlen. Wir haben große

Stabtaschenlampen für die Rundgänge, dicke Lederhandschuhe (wie Gärtner) und Helme.

Überall im Schulgebäude sind Sandeimer und Feuerpatschen verteilt.

Radieschen hat gestern eine geniale Erfindung gemacht:

Wir besitzen ein Grammophon, auf dem wir Lale Andersen hören, Hans Albers, Kirsten Heiberg. (… Warum hat der Napoleon eines Tages zu der Beauharnais gesagt: Ich liebe dich?)

Und am liebsten die Jazz-Bigband von Teddy Stauffer, Liedsänger Billy Toffel.

Jetzt hat R. einen großen Wecker von zu Hause mitgebracht, so einen mit einer verchromten Glocke obendrauf, der einen Riesenkrach macht, wenn er abgeht, und dabei wie ein Besoffener herumtorkelt. Einen der Bürostühle mit glatter Sperrholzplatte hat er mit Ziegelsteinen in eine Schräglage gebracht. Darauf wird der Wecker – behutsam – aufgestellt. Am unteren Rand des Stuhles hat R. ein Pimpfenhalstuch so befestigt, daß der Wecker, wenn er klingelt und dadurch anfängt zu tanzen, auf der Schräge in Fahrt kommt und, schwupp, dort hineinpurzelt. Das »Sprungtuch« ist mit einem Stück Schnur am Auslöser des Grammophons befestigt. Der Abspielarm mit Nadel liegt schon auf der Schellackplatte, und wenn die Zeit kommt, zu der das Monstrum uns wecken soll (meistens sechs Uhr früh), fängt die Schallplatte an, langsam und eiernd loszujaulen. Bis wir wach sind, singt Zarah Leander bereits makellos: »Ich weiß, es wird einmal ein Wunder gescheh'n …«

(Ein bißchen jault die Zarah allerdings immer, auch wenn die Platte die richtige Geschwindigkeit hat.)

Und während wir in unsere Trainingshosen steigen, singen wir lautstark, manchmal sogar zweistimmig mit. Der Pedell (ein Nazi) hat uns neulich dabei überrascht. Er hielt sich die Ohren zu und schrie: »Wenn diese Lärmbelästigung nicht aufhört, gibt's eine Meldung beim Direktor.«

Heute, während des Alarmes (jetzt jeden Tag!), hörten wir das typische Pfeifen einer Luftmine. Dann eine gewaltige Detonation. Die Schule zitterte. Wir stürzten aus unserem Wachlokal und machten im Laufschritt die Kontrollrunde durch die vier Stockwerke der Penne, dann durch eine Eisentür auf den Dachboden. Im Dach klaffte ein zerfranstes Loch, durch das man die tastenden Finger der Flak-Scheinwerfer sah.

Unter dem Loch, auf dem Zementestrich, lag etwas Langes, Achteckiges. Radieschen schrie: »Ein Blindgänger, englische Stab-Brandbombe ...« Er fuchtelte mit der Taschenlampe.

Ich packte das Ding mit meinen Gärtnerhandschuhen – es ist verdammt schwer – und schleuderte es durch das geschlossene Dachlukenfenster nach draußen. Von unten ein gewaltiger Feuerschein und fünf Minuten später die Sirenen der Feuerwehr.

Wir rannten hinunter und schauten zu, wie sie die Brandstelle mit Sand zuschütteten und das Feuer zu ersticken versuchten.

Der Pedell stellte sich neben uns, deutete zur Dachluke hoch, wo die Scherben im letzten Zucken des Feuerscheins glitzerten, und sagte mit wichtigtuerischer Bariton-Stimme: »Das mit der kaputten Scheibe hat ein Nachspiel ...«

Bei den Schülern sind wir verhaßt, weil wir die Schule nicht haben abbrennen lassen. Unsere »Heldentat« hat skurrile Ausschmückungen erfahren. Der Pedell wird mit einem Ehrendiplom ausgezeichnet.

Ich komme aus Polen zurück, wo ich keine Zeit zum Schreiben fand. (Es war aufregend.)

Wir kriegten Wehrmacht-Uniformen verpaßt, Stahlhelme und Waffen mit scharfer Munition.

Die Ausbilder größtenteils »Schleifer«.

Zuerst: Im Laufschritt marsch, marsch, Gasmasken auf!

Und dann: EIN LIED.

Einer der Jungs fiel um und stand nicht wieder auf. Einige weinten, mit oder ohne Gasmasken – ich übrigens auch.

Der Oberscharführer (mit Panzervernichtungsabzeichen) befiehlt mich abends in seine Baracke.

»Ich habe dich beobachtet«, sagt er, während er Wodka aus einem Wasserglas trinkt, »du gehörst zu uns, zur Waffen-SS, mein Junge, du bist hart wie Kruppstahl, wie es unser Führer verlangt. Daß du geweint hast, war natürlich Scheiße!«

Dabei fängt er an, mich am Knie zu streicheln.

Ich sage, die Hände an der Hosennaht: »Oberscharführer, mein Vater ist Wehrmacht-General. Er würde mir nie verzeihen, wenn ich ...« – ich stottere – » ... mich zu einer anderen Waffengattung melden würde ...« Er schaut mich mit Triefaugen an, nimmt die Hand von meinem Knie und läßt mich laufen. (Gewaltiger Schutzengel, daß mir die absurde Formulierung »Waffengattung« eingefallen ist.)

Der Junge, der unter der Gasmaske umgekippt ist, soll tot sein, hört man.

Mutter ist zu Hause, als ich (mit meiner Urkunde) heimkehre. Sie sieht müde und abgearbeitet aus. Sie hat Blutblasen an den Händen.

Als ich sie an ihrem kleinen Schreibtisch überrasche, schreibt sie gerade einen Brief, den sie schnell mit der Hand zudeckt. Sie ist offensichtlich erschrocken. (Ich vermute, der Brief ist an Major Treskow gerichtet.) Nachts stöbere ich in ihrem Schreibtisch. Der Brief ist an eine Frau in Tirol adressiert. In der Schublade gibt es einen ganzen Stapel Briefe, die wahrscheinlich von dieser Frau stammen, alle mit demselben Absender: Anna Senoner, Alm-Gasthof Überwasser bei Nauders.

Ich stelle die Mama zur Rede: »Wozu diese Heimlichtuerei? Mit wem korrespondierst du – anscheinend schon seit Jahren?«

Meine Mutter hat Tränen in den Augen. Sie nimmt meine Hand und fordert mich auf, in Vaters Lieblingsfauteuil Platz zu nehmen. Dann vergeht eine lange Zeit.

Ich sehe, wie sie überlegt, wie sie mit sich kämpft, die Augen voller Pein und Verzweiflung – bis sie schließlich anfängt, stockend, mit einem viel zu trockenen Mund:

»Die Frau«, sagt sie, »mit der ich diesen Briefwechsel führe, ... eine sehr liebe Frau, ... diese Frau ... ist die Mutter deines Bruders David, ... aber bitte ...«, sie nimmt meine Hände, »kein Wort zu David, ich flehe dich an, es könnte unsere Familie zerstören ...«

Ich sehe sie lange an, dann schließe ich die Augen. Es wird heiß hinter meiner Stirn – ich sehe glühende Sterne tanzen. Schließlich sage ich: »Dann ist David also nicht mein Bruder.«

Ich stehe auf und gehe. Mama ruft mir hinterher: »Aber du liebst ihn doch?«

»Wieso soll ich ihn auf einmal nicht mehr lieben? Komische Frage ...«

Ich gehe zum Reitstall der Kavalleriekaserne.

Am Kasernentor kriege ich einen Passierschein. Einer der Wachposten begleitet mich.

Hauptwachtmeister Jahnke finde ich schlafend in seinem Büro. Er brummelt irgendwas, tut so, als wäre er hellwach. Ich stelle mich vor, will meinen Bruder David in einer dringenden familiären Angelegenheit sprechen. Er ignoriert meine ausgestreckte Hand, deutet vage in Richtung Reitstall. »Mußt ihn schon selber suchen – bei den Reitpferden ...«

Ich kann David zuerst nicht finden, aber dann taucht er unter einer dunklen Stute auf, die ein Namensschild als SENTA ausweist.

»Was machst du denn hier«, sagt er ungehalten, »ich hab zu tun ...«

Er klopft der Stute gegen die rechte Hinterhand, stützt ihr Sprunggelenk auf seinem linken Knie auf und reinigt mit einem Eisen ihren Huf.

»Ich habe dir etwas ziemlich Wichtiges zu sagen – aber dazu brauchen wir Zeit ...«

»Schau dich inzwischen im Stall um, ich bin gleich fertig.«

Ich gehe von Box zu Box, manche leer, dann wieder ein Pferdekopf, der nach mir schnuppert, eine Zunge, die meine Hand leckt – am Ende des Stalles eine leere Box mit offener Tür.

Hier hat David es sich gemütlich gemacht, dick Stroh ausgebreitet, in einer Ecke zwei der rupfigen Wehrmachtsdecken, sauber zusammengelegt. An einer langen Elektrostrippe eine nackte Glühbirne mit Kippschalter. Neben den Decken ein Reclamheft: MICHAEL KOHLHAAS, eine Wasserflasche, zerschnittene Zeitungen als Klopapier und in einem Bakelitbecher eine Zahnbürste. Vor der Box mehrere Feuerlöscher, Wassereimer, Feuerpatschen, Kübel voll Sand. Darüber hat er ein verrostetes Schild angebracht: FEUERMACHEN und HANTIEREN mit offenem FEUER VERBOTEN.

Ich setze mich auf Davids Bett. Da kommt er schon. Ich biete ihm eine bulgarische Zigarette an. Er deutet wortlos auf das Schild. Mein Mund ist ausgetrocknet, die Zunge zu dick.

Ich erzähle ihm die ganze Geschichte mit der Frau in Überwasser, die seine Mutter ist. Er weint, wird irrsinnig zornig, flucht, haut gegen die Gitterstäbe der Box, schließlich lacht er schallend.

»Ich will sie kennenlernen«, schreit er und läßt mich allein auf der Schlafstatt sitzen.

Ich gehe ins Büro des Hauptwachtmeisters und verabschiede mich. Im Hinausgehen sage ich: »Sie sollten eines wissen, mein Bruder David mag Sie sehr ...«

»Ich mag ihn auch«, schreit er mir nach, »sag's ihm aber nicht.«

Mama ist wie befreit. Als wäre eine Riesenlast von ihren Schultern genommen. »Du bleibst immer die Mama«, hat David zu ihr gesagt »aber du verstehst sicher, daß ich meine wirkliche Mutter kennen lernen will.«

Mama hat ihm erzählt, daß diese Frau in jedem Brief schreibt, wie sehr sie sich nach ihrem Buben sehnt. Eine Reise wird vorbereitet. Nicht gerade einfach in dieser Zeit. Ein Antrag auf Familienbesuch scheidet aus. Zu gefährlich für uns alle. Da kommt der Zufall zu Hilfe, wie so oft. Davids Taufpate, der Pfarrer von Nauders, ist gestorben. David fährt zum Begräbnis. Die Fahrkarten, dritter Klasse, sind besorgt. Reisekleidung liegt bereit: Knickerbocker und eine Regenjacke, dazu ein Paar Bergschuhe von Vater, etwas zu groß, aber mit dicken Socken geht's. Eine Nacht noch.

Also: Ich hatte Luftschutzdienst, meine Mutter Nachtschicht, David Stallwache.

Um zehn vor zwölf gingen die Sirenen.

Nach einer halben Stunde mehrere Bombeneinschläge, eine Luftmine, dann das Tatütata der Feuerwehr. Ich klettere mit Radieschen auf den Dachboden. Durch eine der Dachluken kann ich in Richtung unseres Hauses sehen, alles dunkel. Etwas weiter rechts ein riesiger Feuerschein. Dort etwa liegt Davids Kaserne. Ich renne los, aufs Fahrrad, ohne Licht natürlich. Ein Feuerwehrauto rast an mir vorbei, ein zweites muß an der Ecke zum Nauener Tor bremsen, weil dunkle Gestalten über die Straße rennen. Ich frage durchs Fenster der Fahrerkabine: »Wo ist es?«

»Kavalleriekaserne«, ruft mir der Beifahrer zu, schon im Weiterfahren. Ich radle die Marienstraße hoch, alles im Stehen, weil es so steil ist. Vorbei an unserem Haus. Der Feuerschein wird immer heller, dann die Geräusche eines Feuersturmes. Das Kasernentor ist offen, der Schlagbaum hochgedreht, der Doppelposten nicht da.

Die Stallgebäude stehen in hellen Flammen, an mehreren Stellen. In der Mitte des Gebäudevierecks ist eine große Sandbahn, in der normalerweise Dressur geritten wird. Darin ein Knäuel wiehernder, schnaubender Pferde, durcheinandergaloppierend, wild ausschlagend.

Am Rand, bei dem hölzernen Palisadenzaun, liegt ein Pferd, daneben eine leblose Gestalt. Ich höre David brüllen. Als ich näher komme, sehe ich, daß der Tote Jahnke ist, der Hauptwachtmeister. Das Pferd, eine dunkle Stute, Senta, mit einer Riesenwunde, aus der die Gedärme herausquellen. Das Tier atmet keuchend, David steht rußverschmiert und blutig daneben. Dann bückt er sich, reißt Jahnkes Pistole aus dem Halfter und schießt das ganze Magazin in Sentas Kopf. Die Stute bäumt sich kurz auf, liegt dann still. David schleudert die Pistole gegen die Stallmauer. Dann legt er sich auf Sentas Hals, preßt seinen Kopf an das glänzende Fell, dreht sich auf den Rücken und schaut, tränenlos, in den Nachthimmel.

Die Feuerwehr hat den Brand nach zwei Stunden unter Kontrolle. David liegt immer noch auf der toten Stute, streichelt sie, küßt das Fell, verharrt in einer verzweifelten Umarmung.

Ich habe David zum Bahnhof gebracht, er hat gewinkt, das Gesicht versteinert. Ich glaube, er fürchtet sich.

Der Zug fuhr ab, RÄDER MÜSSEN ROLLEN FÜR DEN SIEG stand auf der Lokomotive. Jetzt bin ich in meinem Schulwachzimmer. Radieschen ist nicht da, niemand stört mich.

Nach fünf Tagen ist David von seiner Reise zurück. »Ich muß zu meinem Stall«, sagt er lapidar, »komm mit.« Wir sitzen auf den verkohlten Stangen, die die Sandbahn umzäunen. Alle Pferde sind verschwunden, vor uns ein großer, rotbrauner Fleck.

Seine Geschichte, wie ich sie mir gemerkt habe:

Zuerst das Begräbnis des Taufpaten, den er kaum gekannt hat. Endlich kann er losheulen. Kaum Männer, ein paar junge und sehr alte, viele Frauen. Der Pfarrer war beliebt.

Als sich die Trauergemeinde zerstreut, bleibt an der Friedhofsmauer eine schwarz gekleidete Frau zurück. Sie hat zwei Maultiere an einem Gatter festgebunden, eines mit allem möglichen Kram bepackt, das andere gesattelt – mit einem dieser kleinen, harten Militärsättel. Als niemand mehr da ist, nur noch David, in die offene Grube starrend, winkt sie ihm. Sie bedeutet ihm, auf das gesattelte Maultier zu steigen.

»Ich kann nicht reiten – ich kann nie mehr reiten«, sagt er kaum hörbar. Sie schwingt sich wortlos in den Sattel, führt das Packtier am langen Zügel. David trottet hinterher. Nach drei Stunden sind sie in Überwasser. Ein paar Ziegen und Schafe, eine Kuh, das Haus dunkelbraun von der Sonne. Ein Brunnen aus einem Baumstamm.

Die Frau steigt ab, läßt die Maultiere stehen, geht auf David zu und umarmt ihn, unbeholfen und wortlos.

Er weiß, das ist seine Mutter.

Sie kocht einfaches Essen, die beiden schlafen in Stockbetten. Es erinnert ihn an die Kindheit. Sie sitzen stumm nebeneinander, schauen den Schafen zu. Ab und zu streichelt sie seine Wange mit ihren rauen, verarbeiteten Händen. Es tut ihm gut.

Am dritten Abend, als die Zirben lange Schatten werfen und die ersten Sterne blaß am Himmel erscheinen, fängt sie an zu erzählen:

Seit ihr Vater gestorben ist, lebt sie hier oben allein. Es ist ein kleines Gasthaus, besser: eine Jausenstation für Bergsteiger. Ihr Mann war Gendarm, er hieß Ferdinand. Wurde bei einer Messerstecherei umgebracht. Sie kellnerte, um ihren Vater erhalten zu können. Die Witwenrente ist klein. Kurze Männerbekanntschaften, nichts von Wert.

Eines Tages kommt »er«, ein Herr, Salvatore. Er ist ein Handelsmann aus Genua, bringt Ware auf zwei Maultieren über die Alpen.

Beim dritten Besuch sagt sie ihm, daß sie ein Kind von ihm erwartet.

Auf dem Rückweg – er hat Geschäfte im Engadin gemacht – kommt er vorbei.

»Ich werde dich heiraten«, sagt er, »aber laß mir Zeit.«

Über Nacht ist der Winter hereingebrochen. Salvatore tritt den Heimweg an, läßt die Maultiere bei ihr zurück. »Als Pfand, gewissermaßen«, sagt er lachend und kämpft sich durch den tiefen, nassen Schnee.

Wanderer finden ihn am Rand einer Lawine. Er muß dort tagelang hilflos gelegen haben, ist erfroren. Sie bringen den Toten in Annas Berghof. Sie wäscht ihn, nimmt seine Papiere an sich, sorgt für ein anständiges Begräbnis.

Zu Tode erschrocken, versteckt sie die Papiere des Toten in einer Felsspalte.

Gemeinsam gehen David und seine Mutter zu diesem Versteck. Die Papiere sind durch einen Fahrradschlauch geschützt. In dem abgebundenen Schlauch ist auch eine Pistole. David studiert die Papiere genau: Sein Vater hieß Salvatore Salomon Levi, israelitischen Glaubens.

Anna erzählt, daß sie ein dutzend Mal einvernommen worden ist. Sie gesteht ihre kurzlebigen Liebschaften, gibt an, daß sie den Vater des Kindes nicht mit Gewißheit nennen kann. Sie vermutet, daß es ein Mann aus der Kraina war, Mitja Landovski (unverdächtig, weil dinarische Rasse).

Im Kirchenbuch steht dieser Name als der des Vaters. Das Kind wird bei der Geburt zur Adoption freigegeben.

David begreift: Ich bin Halbjude.

Allein geht er zu Tal. »Ich schreib dir«, sagt er im Weggehen, »ich liebe dich.«

»Bleib g'sund, Bub«, ruft sie ihm nach und kann dabei ein Schluchzen nicht zurückhalten.

Die Geschichte ist zu Ende.

David starrt auf den Blutfleck.

»Ich habe die Geliebte mit dem Samtmaul verloren und eine zweite Mutter bekommen«, sagt er langsam. »Ich bin dankbar, so wie es ist.«

Heute war die Beerdigung von Hauptwachtmeister Jahnke. Sie haben ihm posthum das Kriegsverdienstkreuz erster Klasse verliehen.

Daß David die Pferde gerettet hat, weiß ja keiner.

DAVID

Nach dem Begräbnis wanderte ich mit Mama auf den Mühlenberg. Wenn es das Gelände zuließ, gingen wir eingehängt. Die körperliche Berührung tat uns beiden gut.

Bei einer kurzen Verschnaufpause sagte ich: »Mutter läßt dich grüßen. Ich bin dir dankbar, daß ich sie besuchen durfte. Etwas konnte ich sie nicht fragen, es fehlte mir einfach der Mut. Bitte sag mir, wie ich in eure Familie gekommen bin. Ich kann es mir nicht erklären.«

Lange Pause.

Mutter antwortet zögernd: »Ich lag auf der Gebärstation der Barmherzigen Schwestern. Am siebzehnten Mai um ein Uhr siebzehn habe ich Zwillinge bekommen. Daniel blieb am Leben, sein Bruder starb. Du kannst dir sicher nicht vorstellen, was das für eine Mutter bedeutet.«

Pause.

»In der gleichen Minute wurde ein paar Zimmer weiter ein Junge geboren – du. Die Schwestern wußten, daß deine Mutter kaum die Kaiserschnittgeburt und den Spitalaufenthalt bezahlen konnte, und daß das Kind, ein ›Bankert‹, immer unter seiner Vaterlosigkeit leiden würde, daß an eine vernünftige Ausbildung gar nicht zu denken war. Sie schlugen deiner Mutter vor, dich zur Adoption freizugeben. Sie weinte drei Tage und Nächte, dann willigte sie ein. So bist du zu uns gekommen, dem Himmel und deiner Mutter sei Dank.«

Im Klostergarten der Barmherzigen Schwestern gibt es einen Friedhof mit winzigen Gräbern. Die Kreuze sind rosa und himmelblau. In so einem Grab liegt Daniels Bruder. Es trägt die Inschrift:

David S. SENONER, Sohn der Anna, geboren und gestorben am 17. Mai 1926.

Im Herbst 1943 kommt die Einberufung. Für uns beide. Eigentlich erwartet, oft herbeigesehnt und jetzt doch wie ein Blitz. Abmarsch in zwanzig Tagen.

Wir machen hastig ein Notabitur. Alles wird akzeptiert. Wir jungen Soldaten dürfen nicht aufgehalten werden, müssen gute Zeugnisse auf den Weg mitnehmen. An einem fahlen Herbstmorgen sitzen wir im Zug nach Salzburg, die Mutter weint und entschwindet unseren Blicken. Wir fühlen uns gut und stark auf unserem Weg zur Gebirgsjägerkaserne Glasenbach bei Salzburg. Treffpunkt Domplatz.

David klappte das Oktavheft zu.

Der rückwärtige Deckel ist voller Kritzeleien. In einem rotgrünen Herz steht in Kinderschrift: DANIEL LIEBT BIRTHE.

Auf Daniels Schreibtisch, der einmal einem britischen Kapitän gehört hatte, lag ein Bambusrohr, das Birthe immer dazu verwendet hatte, unter der Decke angesiedelte Spinnweben wegzuwedeln.

David fuhr damit in die unterste Lade von Daniels Dokumentenschrank, um festzustellen, ob sie tatsächlich leer war. Er spürte Widerstand, und zum Vorschein kam ein Buch. Es ist in einem Stuttgarter Jugendbuch-Verlag gedruckt und hat den etwas einfältigen Titel: ACHTUNG, AUFNAHME. Darüber steht DANIEL SAMMER als Autor.

David schob die Schublade zu und verschloß den Schrank mit dem altmodischen Patentschloß, das alle zweiunddreißig Schubladen gleichzeitig verriegelte.

Dann setzte er sich in den englischgrün gepolsterten Ledersessel und starrte das Foto im Silberrahmen an, auf dem Birthe mit wehendem Haar über eine Wiese läuft.

Es fröstelte ihn.

Im ganzen Haus hatte sich eine unangenehme Klammheit ausgebreitet, seit die Heizung gestern ihren Geist aufgegeben hatte.

David fiel das Gedicht »Novemberwind« ein, von Alexander Moissi vorgetragen. Das rollende Pathos, das die Schellackplatte inklusive heftiger Kratzgeräusche konserviert hatte, reizte ihn jedes Mal zum Lachen.

Jetzt war ihm zum Lachen nicht zumute.

DANIEL

David sagt auf der Reise nach Glasenbach:

»David Salomon Levi, Soldat und Ritter von der traurigen Gestalt, durch Hitlers Gnade Anwärter auf das Ritterkreuz mit Eichenlaub, Schwertern und Brillanten. Wir Juden waren schon immer gierig nach Schmuck und Juwelen!«

Der Domplatz in Salzburg.

Hier spielen sie im Sommer den JEDERMANN. Wir haben das Stück in der Schule durchgenommen, und ich finde es zutiefst verlogen. Wenn dir die Sauereien, die du angerichtet hast, irgendwann leid tun, und zwar dann, wenn du die eiskalte Pratze des Todes auf deiner Brust fühlst, dann kommst du in den Himmel. Dann werden also Heydrich und Himmler in den Himmel kommen? Und der Hitler, mein Führer und oberster Befehlshaber, auf den ich bald einen heiligen Eid schwören werde, der auch? Heiliger Max Reinhard, der du bist in der Emigration, wie konntest du so einem Stück deinen Segen geben?

Langsam trudeln die Kameraden ein: Fritz, ein langer Dünner mit penibel gestutztem Germanenhaar, Matula aus Südkärnten, klein, sensibel, ein bißl schüchtern. (Heißt komischerweise Adolf.) Jimmy Heller, Sanitätsoffiziersbewerber, Wiener, schlau, keine Spur von Ehrgeiz, ein Meister der Chuzpe, sehr lustig.

Und dann Teddy, eigentlich Theodor, Kaiser, Sohn eines Wirtschaftsführers, ebenfalls Sani, blond, unsoldatisch, von imponierender Lässigkeit. Wir gehen alle in den Dom, zünden Grablichter an – ich für den Opapa. David starrt mit einem erschrocken-ratlosen Gesichtsausdruck auf den Gekreuzigten.

Ich bete, daß wir gesund nach Hause kommen. Heiliger Antonius, der Du für alles Verlorene zuständig bist, laß es uns nicht verlieren, dieses Leben, das wir noch gar nicht kennen. Ein junger Priester segnet uns, lateinisch, und er benutzt dazu den linken Arm, weil er nur diesen hat.

David hat die Hände in den Taschen, Augen geschlossen. Als wir uns bekreuzigen, verläßt er die Kirche.

Alle sammeln draußen ihre Pappschachteln ein, das typische Merkmal einrückender Rekruten; darin schickt man seine Privatsachen nach Hause. David und ich haben darauf verzichtet. Wir schenken die Klamotten dem Winterhilfswerk. (David: »… bin froh, wenn ich das scheußliche Zeug nie mehr sehe.«)

Teddy gefällt mir von dem ganzen Haufen am besten. Ich gebe ihm das Prädikat »disziplinierter Schlawiner«.

Er grinst, schaut auf die Uhr.

»Wir haben Zeit«, sagt er, »müssen erst um 17 Uhr in der Kaserne sein. Ich hab mich schlau gemacht. Also, Freunde, gibt's eine kleine Abschiedsfeier vom Zivilleben – oder ein Einstandsfest, wenn euch das lieber ist. Am Fuß des Untersberg steht ein schönes Gasthaus – da gehen wir hin …« In diesem Moment kommt noch einer dazu, Nachzügler, aus Dinkelsbühl, klein, drahtig, ganz Soldat. Er hat die Hacken beisammen, als er uns begrüßt.

»Mumm«, sagt er laut und deutlich. Als ich ihm die Hand gebe, sehe ich das HJ-Abzeichen an seinem Revers.

»Siehst aus wie ein Fähnleinführer«, sage ich lachend.

»Nee, Jungstammführer, weiße Kordel.«

»Oha, da muß man ja vor dir strammstehen.«

»Ist Schnee von gestern«, meint er ernst und zündet sich eine Zigarette an.

Das Gasthaus *Zur ewigen Liebe* ist nicht schön, wie Teddy gesagt hat, sondern sehr schön. Getäfelte Stuben, Kachelöfen, Tische mit gescheuerten Ahornplatten.

Und auf diese Platten stellt uns der Wirt Bierkrüge mit Schaumkronen hin.

Ich stoße zuerst mit David an, dann mit allen anderen, zuletzt strecke ich den Krug Jimmy entgegen. Der aber schaut mich nicht an, starrt mit offenem Mund zur Stubentür und pfeift dann, wie ein echter Striezi, durch die Zähne.

In der Tür steht Teddy mit zwei bildschönen Mädeln.

»Die Töchter des Hauses«, sagt er galant, »Marie und Lena, sie werden euch bewirten, falls ihr wißt, wie sich ein Offizier zu benehmen hat. Der Vater der jungen Damen, Alois, war Landesmeister im Mittelgewicht, also Vorsicht!«

Er lacht sein verschmitztes Lachen. Ich habe ihn schon in mein Herz geschlossen.

Marie und Lena sind ein bißchen verlegen – Lena errötet schnell –, sie servieren uns selbstgebackenes Brot und »Grauen Kas« in Essig und Öl. Jetzt kommen sie mit einer neuen Ladung schaumkroniger Bierkrügeln. Teddy greift in die Hosentasche und bringt einen Packen Lebensmittelmarken zum Vorschein, gibt ihn Marie. »Nehmt davon, was ihr haben müßt, aber vergeßt nicht, daß wir hungrige Rekruten sind …«

David, der neben mir sitzt, schaut die beiden Mädchen unentwegt an. »Seid ihr Zwillingsschwestern?« fragt er.

»Ja«, lächelt Marie, »Jungfrauen.«

Großes Gelächter.

»Sternzeichen Jungfrau natürlich, am dritten September.«

Die vier Krüge prallen aneinander, ein Geräusch, wie wenn man Steine aneinander stößt, die Mädchen haben weißen Schaum auf der Oberlippe, den sie, synchron, mit der Zunge weglecken.

»Ich hoffe, ihr kommt uns jetzt öfter besuchen«, sagt Lena und wird schon wieder rot. »Bei uns gibt's immer was für hungrige Buben … auch ohne Lebensmittelmarken«, vollendet Marie den Satz.

Jetzt sollte man mit den zwei süßen Mädchen nach Italien fahren, mit dem Fahrrad, und der Hitler könnte sich seinen Krieg sonstwohin stecken.

»Meint ihr, der Krieg dauert noch lang?« fragt Lena, als hätte sie meine Gedanken erraten.

Mumm steht auf. »Bis wir ihn gewonnen haben«, sagt er hölzern, »auf unseren Führer und obersten Befehlshaber!«

Alle sind aufgestanden.

Teddy zückt eine Trillerpfeife und pfeift lang und mahnend. Es klingt wie der Schlußpfiff bei einem Fußballmatch.

»Aufbruch«, sagt er dann, »sonst kommen wir tatsächlich noch zu spät, meine Herren. Gezahlt ist schon, also los!«

Wir küssen die Mädchen zum Abschied rechts und links auf die Wangen.

»Jetzt wär's schön, zu bleiben«, sagt David im Hinausgehen und macht das V-Zeichen mit erhobenem Zeige- und Mittelfinger. Ich glaube, er hat das in der Wochenschau gesehen, als der »Paralytiker« Churchill für eine Sekunde sichtbar wurde.

Um zehn vor fünf sind wir in der Kaserne. Der Posten grinst anzüglich, als wir an ihm vorbeidefilieren.

Wir sind der fünften Inspektion zugeteilt, so heißt das bei Fahnenjunkern. David erster Zug, ich zweiter. Der Fähnrichsvater hat uns begrüßt und zu militärischer Disziplin ermahnt. Er ist klein, heißt Hannes Berghammer, trägt als Auszeichnung nur das EK eins, kommt aus Riedering bei Rosenheim. Wenn er zu uns spricht, wippt er in den zwigenähten Bergschuhen auf und nieder. Das wirkt irgendwie geschmeidig, ermunternd. Er findet sofort den richtigen Ton, hat von Anfang an unser Vertrauen.

Heute haben wir Uniformen ausgefaßt. Es sind die alten preußischen Paradeklamotten, Super-Friedensstoff, hohe Kragen, tausend Silberknöpfe.

»Wir schauen aus wie Zirkusdiener«, meint Jimmy lachend, »in so was sollen wir den Krieg gewinnen ...« – »Heißt ja auch *Sarasani*«, erwidert David.

»Morgen ist Vereidigung«, verkündet Hannes, der Fähnrichsvater, »saubere Fingernägel, saubere Unterhosen, saubere Gesinnung.«

Er nimmt David und mich zur Seite.

»Morgen gibt's eine Überraschung für euch zwei, also macht mir nicht vor Schreck in die Hosen. Und sprecht mal bei Gelegenheit beim Herrn Divisionskommandeur vor, ob er der Inspektion nicht vernünftige Uniformen besorgen kann ...«

»Wir? Beim Divisionskommandeur?«

»Warum nicht? Versuchen könnt ihr's ja. Ihr seid ab jetzt Wortführer der Mannschaft. Wegtreten!«

Ich besuche David nach Dienstschluß beim Schuhputzen.

»Meinst du nicht auch, daß der Berghammer ein bißl spinnt? Wie sollen wir beim General vorgelassen werden? Der Hannes hat doch eine Meise!«

»Versuchen werden wir's«, sagt David, wobei er auf den schwarz glänzenden Stiefel spuckt, »auch ein General muß sich nach dem Scheißen den Hintern abputzen, vergiß das nicht.«

Vereidigung auf dem großen Kasernenhof, der vom vielen Exerzieren ganz kahl gescheuert ist. Alle Rekruten im Stahlhelm, was zum Sarasani überhaupt nicht paßt.

In der Mitte ein Podest, mit der Reichskriegsflagge geschmückt. Wir tragen keine Waffen, weil wir damit noch nicht umgehen können. Ein Major, der Batallionskommandeur, hat das Kommando. »Zur Meldung an den Herrn General, Augen rechts!«

Von ganz weit her, aus dem Schatten des Hauptgebäudes, kommt ein Mann. Hinter ihm zwei Adjutanten.

Irgendwas Metallisches funkelt zwischen den roten Generalsspiegeln. Es ist das rumänische Kommandeurskreuz. Der Gang des Mannes ist unverwechselbar: Es ist unser Vater.

In der Mittagspause sind David und ich im Divisionskommando. Der Adjutant im Vorzimmer des Generals, ein langer Lulatsch, muß lachen, als er uns in unseren Sarasanis sieht.

»Mal sehen, ob der Herr General für euch Zeit hat.«

Durch die halb geöffnete Tür sehe ich meinen Vater. Die Stimme des Adjutanten meldet: »Die Jäger Sammer und Sammer, Herr General.«

»Sollen reinkommen.«

Wir stehen stramm und machen unsere Meldung. Als die Tür hinter uns zuklappt, breitet der General die Arme aus: »Kommt's her, ihr Lauser.«

Wir liegen uns in den Armen. Er hat eine Riesenfreude, erzählt, daß Mutter auch bald nach Salzburg nachkommt, bietet uns Zigaretten an.

Er ist ein bißchen grauer geworden, hinkt nicht mehr, ist sehr mager. Sein Lachen klingt anders als früher, weicht sofort einem tiefen Ernst.

»Vater«, sage ich, »könntest du dafür sorgen, daß wir vernünftige Uniformen bekommen, wir kommen uns vor, wie ...«

»Ja, ihr seht wirklich aus wie Kameltreiber aus dem Zirkus. Ich kümmere mich darum.«

Zum Abschied eine Umarmung.

Ich denke mir, daß es nicht viele Rekruten gibt, die ihren General umarmen dürfen.

Es ist ein gutes Gefühl, daß er so nah ist.

Haben heute funkelnagelneue Uniformen bekommen. Der Stoff ist zwar voller Holz (ziemlich kratzig), aber wir sehen jetzt doch eher aus, wie sich der kleine Moritz Soldaten vorstellt.

Der Fähnrichsvater lächelt und sagt im Vorbeigehen leise: »Danke.«

Am Sonntag drauf macht die ganze Familie einen Spaziergang. Mutter und David gehen voran. Gleich werden wir das feine Speiselokal betreten, in dem ein vornehmer Kellner in einem etwas speckigen Frack servieren wird.

»Vielleicht ist Oberst Treskow doch kein Verbrecher«, sage ich. »Glaubst du, daß wir den Krieg noch gewinnen?«

Mein Vater schüttelt den Kopf. »Was soll ich auf so eine blöde Frage antworten? Ich hoffe, daß du nicht mehr an die Front mußt, das ist alles.«

Ich bin wütend. Ich will an die Front. Ich will ein Held

sein. Ich will das Ritterkreuz mit Eichenlaub, Schwertern und Brillanten. Ich will die Nahkampfspange in Gold. Ich will zwei Meter lange Arme, mit mindestens fünfzig Panzervernichtungsabzeichen auf jeder Seite. Ich will den Heldentod sterben, damit alle auf mich stolz sind und um mich weinen.

»Was hast du denn als General in Rußland gemacht?« frage ich. »Hast du Leute zum Tode verurteilt oder was?«

Er schaut von mir weg. Sein Gesicht wird noch zwei Nuancen blaßer.

»Ja, ich habe Leute zum Tode verurteilt«, sagt er tonlos.

Unsere militärische Ausbildung geht zügig voran. Die Disziplinen, die wir zu erfüllen haben, erfordern Muskelkraft und Verbissenheit, kaum Intelligenz. Die Handgriffe des Tötens sind einfach. Jedenfalls in der Theorie. Der Dienst ist anstrengend. Unser Gruppenführer ist Oberjäger Witzmann. Er ist Schwabe, aus Sankt Blasien. Ein Korinthenkacker. Er liebt es, uns zu schikanieren. Er haßt Offiziere, besonders Generäle, und ganz besonders die Söhne von Generälen. Ich muß vorsichtig sein, meinen Jähzorn beherrschen, sonst lande ich im Arrest.

Die Nachrichten von der Front sind nicht besonders ermutigend. Ich höre manchmal, wenn ich allein in der Stube bin, BBC London. Sagen die die Wahrheit, was viele hinter vorgehaltener Hand behaupten, dann sieht Deutschland langsam wie eine Rokoko-Dame aus, der mit eiserner Hand die Taille zusammengedrückt wird. Die deutschen Städte sinken in Schutt und Asche, Maiers Flieger warten auf die Wunderwaffe, wir stoßen unter lauten Hurrarufen Bajonette in aufgeweichte Pappfiguren.

Ich bin jetzt nach Dienstschluß oft so müde, daß ich keine Lust mehr zum Schreiben habe.

Außerdem wird es immer schwieriger, für das Oktavheft ein sicheres Versteck zu finden.

Wir üben mit scharfer Munition. (Damit wir uns daran

gewöhnen.) Die Geländeübungen sind mörderisch. Beim Handgranaten-Zielwurf hat sich Mumm Verletzungen im Gesicht geholt, weil er zu schnell der abgeworfenen Handgranate nachgerannt ist.

Gestern hatten wir eine Übung, die Erstürmung eines Bunkers. Wir arbeiteten mit geballten und gestreckten Ladungen. Die Zielbunker sind natürlich Teil des Übungsgeländes. Die Ladungen dürfen nur bis auf einen Meter an die Bunkeröffnungen herangetragen werden. Wir haben eine der gestreckten Ladungen direkt in die Schießscharte des Bunkers geschoben.

Der ganze Bunker flog in die Luft.

Drei Tage Arrest.

Vater kommt mich besuchen. Wir sitzen nah beieinander, es ist fast dunkel.

Er legt mir die Hand auf die Schulter. Wir rauchen schweigend. Dann: »Kannst du dich an Major von Treskow erinnern?«

»Ja«, sage ich, »ich konnte ihn nicht leiden.« Pause.

»Treskow ist Oberst geworden. Wir standen sporadisch in Briefkontakt. Er wußte mehr als die meisten, viel mehr als wir Frontoffiziere. Seine Briefe haben mir große Angst gemacht. Er sprach von Konzentrationslagern, wo Menschen zu Tausenden vernichtet werden, in der Hauptsache Juden. Er deutete an, daß er einer Widerstandsgruppe hoher Offiziere angehört. Alles verschlüsselt natürlich, aber ich konnte mir einen Reim darauf machen. Meinst Du, Mutter hat solche Briefe aufgehoben?« Pause. »Treskow ist gestern verhaftet worden.«

Ich schlucke dreimal.

»Ich habe ihn immer für einen Verräter gehalten. Außerdem hat er Mama den Hof gemacht, das war mir ekelhaft ...«

Vater atmet schwer.

»Ich habe eine Bitte«, sagt er leise. »Du machst eine

Dienstreise nach Potsdam, suchst diese Briefe und vernichtest sie. Willst du das für mich machen? Es ist gefährlich, brauch ich dir wohl nicht zu sagen ...«

»Natürlich mach ich das. Nur, wie kommt ein Muschkote wie ich zu einer Dienstreise?«

»Wir haben nicht viel Zeit. Ich muß mir also schnell was einfallen lassen.«

Er reicht mir im Dunkeln die Hand, hält sie lange fest. Dann gibt er mir einen Klaps auf die Schulter, und weg ist er.

Heute vormittag war Gefechtsübung.

Als wir uns schießend auf ein Waldstück zubewegen, wo manövermäßig der Feind angenommen wird, plötzlich Flugzeuggeräusche.

Zwei englische Aufklärer vom Typ Lightning (Doppelrumpf) fliegen niedrig über uns weg. Witzmann brüllt: »Volle Deckung!« und verschwindet zwischen den zwei Felsblöcken, die auf dieser Lichtung die einzige Deckung bieten.

Manche bleiben einfach liegen, andere rennen in den nahegelegenen Wald. Nur Teddy packt seinen Karabiner 98k, lädt durch und gibt, aufrecht stehend, drei Schuß auf die zweite Maschine ab, bevor sie hinter den Baumwipfeln verschwindet.

»Witzbold«, so heißt er, wenn wir unter uns sind, kriegt einen Tobsuchtsanfall. Brüllt irgendwas von Befehlsverweigerung, Vergeudung wertvoller Munition und Kriegsgericht, vor das er den Teddy bringen will, aber mitten in sein Gebrüll ertönt eine gewaltige Detonation jenseits des Waldes, und eine Feuersäule steigt empor.

Eine Lightning kommt zurück, gewinnt an Höhe und ist in Sekunden unseren Blicken entschwunden.

Leutnant Berghammer, der das Ganze durch seinen Feldstecher verfolgt hat, kommt auf die Lichtung gerannt. Er läßt uns im Schutz der Bäume antreten.

»Oberjäger Witzmann, ich verstehe Ihre Erregung, und Sie sind vollkommen im Recht. Aber: die Situation, die wir gerade erlebt haben, zeigt uns – klassisches Schulbeispiel –, daß man Befehle in einer bestimmten Kampfsituation ›partisanenhaft‹ auslegen oder sogar ignorieren kann, wenn dem Feind dadurch erheblicher Schaden zugefügt werden kann.

Jäger Kaiser, ich respektiere und anerkenne Ihre Entschlußfreudigkeit. Ich werde Sie für das Eiserne Kreuz vorschlagen.«

Heute hat mich der Hannes zur Seite genommen.

»Die Untersuchung des abgestürzten Flugzeuges hat ergeben, daß die Maschine von keinem einzigen Infanteriegeschoß getroffen war. Motorschaden.

Kaiser hat das EK schon verliehen bekommen, und das behält er auch, denn mutig war er ja. Aber sag's bloß nicht weiter.«

Wir müssen antreten, feldmarschmäßig bepackt, ich noch dazu MG-Schütze.

Berghammer hält eine kleine Rede. Es sind drei Herren hier, im Auftrag der Reichsjugendführung. Suchen Darsteller für einen Propagandafilm der UFA. Goebbels ist der Schirmherr des Projektes: ein Film von staatspolitischer Bedeutung.

Die drei Herren nähern sich uns in langen Ledermänteln. Zwei haben Fotoapparate und Notizblöcke.

Wir dürfen Gepäck und Waffen ablegen, die Karabiner werden zu Pyramiden zusammengestellt. Wir bilden einen Kreis. Die Herren gehen von Mann zu Mann, bleiben vor jedem stehen, machen Notizen und ab und zu Fotos. Bei David verweilen sie am längsten, sprechen leise miteinander, der größte, wohl der wichtigste, schüttelt den Kopf.

Sie kommen zu mir. Schauen mir lange ins Gesicht.

»Dreh den Kopf zur Seite«, sagte der Wichtige. »Ich bin übrigens der Regisseur des Films, und du kommst für eine der Rollen in Frage. Hättest du überhaupt Lust mitzumachen?«

»Ich bin kein Schauspieler«, sage ich verdattert, »ich kann so was nicht.«

Fotos von vorn, von rechts und von links, Notizen, Personalien etc.

Die Herren gehen.

Großes Gelächter.

Jimmy ruft: »Der Sammer ist entdeckt!«

Eine Stunde später werde ich ins Divisionskommando gerufen. Die drei Herren sitzen im Büro meines Vaters. Ich melde mich vorschriftsmäßig.

»Du sollst nach Babelsberg zu Probeaufnahmen kommen«, sagt mein Vater, »ist dir das recht?«

»Ich habe schon gesagt, daß ich glaube, daß ich das nicht kann.«

»Das werden wir feststellen«, sagt der Regisseur, »dafür sind Probeaufnahmen ja da.«

Mein Vater (dienstlich): »Ich habe hier ein Schreiben des Propagandaministers. Demnach ist diesem Projekt höchste staatspolitische Priorität einzuräumen.«

Dann nimmt er mich zur Seite und flüstert: »Du fährst. Das ist die Dienstreise, von der wir gesprochen haben.« Und laut: »Das ist ein dienstlicher Befehl.«

Am Abend sagt David: »Ich wußte immer, daß du Priester wirst oder Schauspieler. Niemals General, dazu bist du nicht böse genug.«

»Ist Vater etwa böse?«

»Nein, Vater ist die wunderbare Ausnahme ...«

Jetzt bin ich in Potsdam-Babelsberg-Ufastadt in meiner Garderobe.

Der Film, in dem ich spielen soll, heißt – dreimal dürfen Ungläubige raten –

»Die Schenke zur ewigen Liebe«.

Es ist ein Film unter Bergleuten in einer Grube in Niederschlesien. Wenn ich den Namen richtig verstanden habe, Grube Glückauf in Dittersbach bei Waldenburg.

Ich soll einen aufmüpfigen Kumpel spielen, der gegen den Strom schwimmt und am Schluß umkommt.

Heute habe ich eine Szene versuchen müssen, in der ich einen Wutanfall bekomme (habe an Witzmann gedacht) und schließlich in Tränen ausbreche.

Ich war so wütend über meine totale Unfähigkeit, daß die Tränen ganz von allein kamen.

»Zum Kotzen schlecht«, konnte ich grade noch herausbringen, aber Albert, der Regisseur, war begeistert. Er hat mich nach der Szene sogar umarmt.

Die Nacht war ich in unserer Wohnung. Alles tot, verlassen und verstaubt. Die Briefe habe ich gefunden, einen ganzen Packen, miserabel versteckt, falls man ein primitives Geheimfach überhaupt als Versteck bezeichnen kann. Ich habe sie nicht gelesen, verbrannt und die Reste in einem Korb in den Garten getragen. Ich habe die Asche zwischen den Händen zerrieben und gewartet, bis sie der Wind davonträgt. Als der Korb leer war, sah ich den Blockwart, Herrn Wrasinski, aus den Büschen kommen.

Er hatte mich beobachtet.

»Was hast du da verbrannt?« wollte er wissen.

»Ich habe gar nichts verbrannt, ich habe Asche zerstreut, die ich nicht mehr brauche.«

»Was für Asche?« Er wurde aggressiv.

»Die Asche meiner Urgroßmutter, falls Sie das was angeht. Und jetzt machen Sie sich hier nicht wichtig, sonst hole ich die Feldgendarmen. Ich bin nämlich, falls es

Ihnen noch nicht aufgefallen ist, Fahnenjunker der Deutschen Wehrmacht und Ihnen als Zivilist nicht die geringste Rechenschaft schuldig.«

Ich ließ ihn stehen. Mir war klar, daß der Mann lebensgefährlich war.

Oben in der Wohnung erwartete mich Marie. Ich hatte ihren Vater gebeten, sie mir als Reisebegleitung anzuvertrauen. Sie hatte ein kleines Abendessen zubereitet, Erbsensuppe mit Speck, und bei jedem Teller stand ein Glas Rotwein.

Während wir aßen und ab und zu unter dem Tisch uns die Hände drückten, fragte sie lächelnd: »Was hast du denn da verbrannt?«

»Liebesbriefe«, sagte ich, »sie bedeuten nichts mehr. Ich wünsche mir Liebesbriefe von dir, wenn ich im Feld bin, und die werd ich noch lesen, wenn wir beide achtzig sind und du mich im Rollstuhl herumschiebst.«

Heute wieder Babelsberg.

Szenen mit mehreren Partnern. Allmählich fängt es an, mir Spaß zu machen.

Mittags fuhr Heinrich George in einem Maybach an mir vorbei. In Halle vier habe ich Marika Röck tanzen sehen.

Albert W. hat mich zum Abendessen eingeladen. Als ich mit Marie in den Klosterkeller kam, machte Albert ein langes Gesicht. Aber dann war er unerhört charmant; wir aßen ein Wildgericht mit Pilzen und Preiselbeeren, tranken einen roten Franzosen und zum Schluß Armagnac.

Marie war süß, unbeeindruckt vom Glanz dieses Nobelrestaurants. Albert hat absolut weltmännische Manieren.

Ich werde den Film mit ihm machen, wenn er und Herr Goebbels einverstanden sind.

Bei einer ersten Begutachtung der Probeaufnahmen soll der Hinkefuß gesagt haben: »Der sieht mir zu jüdisch aus.« Gott sei Dank hat Albert nicht meinen Bruder ausgewählt.

Ich tue wieder meinen normalen Dienst. Exerzieren, Gewehrgriffe, Geländeübungen, Nachtmärsche.

Die Kameraden sind stolz auf mich, keiner macht hämische Bemerkungen; außer Jimmy, der arrogant grinsend sagt: »Jetzt hamma an neuen Victor de Kowa in der Inspektion.«

Leutnant Berghammer lädt mich zu einem Abendessen ein. Er hat eine sehr hübsche Frau dabei, die er reserviert-zärtlich anschaut.

Ich muß die ganze Filmgeschichte erzählen. Berghammer und seine Partnerin drücken mir die Daumen.

21. Juli 1944

In der Kaserne ist der Teufel los. Wir werden vom UvD um halb fünf geweckt. Antreten auf dem Appellhof.

Leutnant Berghammer tritt übernächtigt vor unseren Zug. Neben ihm Hauptfeldwebel Pircher.

Gestern ist auf den Führer in der Wolfsschanze ein Attentat verübt worden. Hohe oppositionelle Offiziere einer Widerstandsgruppe sind für den Anschlag verantwortlich. Hitler lebt.

Pircher übernimmt das Wort.

»Es gibt keine oppositionellen Offiziere. Das sind ehrvergessene Vaterlandsverräter. Sie gehören an den Galgen. Jede Kugel wäre für diese Lumpen zu schade«, u.s.w.

Der Fähnrichsvater ist weiß geworden.

»Die Kaserne befindet sich in höchster Alarmbereitschaft. Wegtreten!«

Er hat nicht ein einziges Mal mit den Füßen gewippt.

Panzer sind aufgefahren. Ein aufgeregtes Hin und Her von Fahrzeugen der gehobenen Klasse.

Vor dem Divisionskommando ist eine Einheit motorisierter Waffen-SS aufgefahren. Feldgendarmen eskortieren Offiziere zu vergitterten Transportfahrzeugen.

Vater soll noch in der Nacht abgeholt worden sein.

Jimmy erzählt den Witz über einen Mann, der vor dem Haus eines Ortsgruppenleiters ein Schwein überfahren hat. Er kommt in das Dienstbüro, grüßt stramm und sagt: »Heil Hitler, das Schwein ist tot.«

Niemand lacht. Uns ist nicht zum Lachen. Die Stimmung ist beklommen. Ich frage Berghammer, ob ich von einem nahegelegenen Gasthaus meine Mutter anrufen darf.

Ich kriege einen Sonderpassierschein.

Mama ist sofort am Apparat. »Sie haben den Vati abgeholt. Es war um halb drei in der Früh.«

Sie haben alle Papiere mitgenommen, auch ein paar Briefe von Treskow an meine Mutter, die im Safe eingeschlossen waren. Sie weint. »Ich bin sicher, daß sich der Vatl nichts hat zuschulden kommen lassen. Er ist der anständigste Mensch, den ich kenne ...«

Ich lege den Hörer auf. »Vielleicht haben sie ihn deswegen abgeholt ...«, denke ich.

Am dritten Tag ist Vater wieder da. Er befiehlt uns ins Divisionskommando.

David und ich melden uns vorschriftsmäßig.

»Ach, laßt's das«, sagt er müde und bedeutet uns, vor seinem Schreibtisch Platz zu nehmen.

Die Farbe ist aus seinem Gesicht verschwunden, es ist genauso grau wie seine Haare.

»Ich bin morgen ins Gestapo-Hauptquartier befohlen. Eine Sondermaschine des OKH wird mich nach Berlin bringen. – Es kann sein, daß ich von dieser Reise nicht zurückkehre.

Ich liebe euch, meine Söhne. Macht etwas aus eurem Leben. Ich habe meins vergeudet.

Ich weiß, daß man nach dem verlorenen Krieg alles der Waffen-SS in die Schuhe schieben wird. In der Waffen-SS gibt es einen Haufen Mörder. Aber ich kann euch versichern, daß auch Verbände der Wehrmacht unvorstellbare Grausamkeiten begangen haben. Ich habe es gesehen …«

Er steht auf, nimmt Haltung an.

»Kümmert euch um eure Mutter.«

Dann sind wir entlassen. Als ich mich umdrehe, um ihm zuzuwinken, steht da ein grauer, einsamer Mann. Ich möchte zurückrennen, ihn umarmen und drücken, aber es fehlt mir der Mut.

Heute Schlagzeilen im Völkischen Beobachter:

General Sammer bei Flugzeugabsturz ums Leben gekommen.

Im Kleingedruckten steht, daß sich die Sondermaschine der Reichshauptstadt näherte. Es herrschten schlechte Sichtverhältnisse.

Die Funkverbindung bricht ab. Zwei Abfangjäger halten das Flugzeug für eine feindliche Maschine und schießen es ab.

Die Piloten können sich mit dem Fallschirm retten. Der General und zwei Begleitoffiziere sind tot. Der Führer ordnet ein Staatsbegräbnis an. Der feierliche Akt wird in Schloß Klesheim bei Salzburg stattfinden. General Sammer wird von der Obersten Heeresleitung posthum zum General der Infanterie befördert.

Mutter hat einen Nervenzusammenbruch mit Kreislaufkollaps. Sie wird ins Krankenhaus eingeliefert.

Wir exerzieren Tag und Nacht mit Karabiner und aufgepflanztem Seitengewehr. Wir sind die Ehrenkompanie beim Staatsakt.

Der Tag ist gekommen. Traurig und kalt.

Wir marschieren von Glasenbach nach Klesheim. Jeder hat Schuhputzzeug dabei, damit wir unsere Bergstiefel nach dem Marsch noch einmal wienern können. Vor der imponierenden Fassade des Schlosses steht der Sarkophag, mit der Reichskriegsflagge bedeckt. Daneben, gesattelt, der gefleckte Apfelschimmel meines Vaters, der Sattel leer.

Ein mir unbekannter Offizier kommandiert die Zeremonie, wahrscheinlich der Nachfolger meines Vaters. Die drei Züge unserer Inspektion bilden die Ehrenkompanie, uns gegenüber eine Ehreneinheit der Waffen-SS.

Wir präsentieren das Gewehr, reißen die Augen nach rechts. Motorengeräusche verstummen, Türen klappern. Die Militärkapelle intoniert den preußischen Defiliermarsch, aus dem rechten Augenwinkel sehe ich eine Gruppe von Uniformierten näherkommen. Dann erkenne ich den Führer, der gebeugt und mit weißem, maskenhaftem Gesicht an mir vorbeigeht.

Vielleicht ist er's ja gar nicht, denke ich. Vielleicht ein Double, das für solche Anlässe zurechtgeschminkt wird. Das Gesicht verbreitet dumpfe Hoffnungslosigkeit. Jäger würden sagen »waidwund«. Aber der Hitler ist schließlich keine Wildsau.

Wir schießen den Ehrensalut, die Musikkapelle spielt: »Ich hatt' einen Kameraden …«

Ich stelle mir vor, wie mein Vater in dem großen Sarg liegt, zu einem kleinen, schwarzen Bündel verkohlt.

David sagt nach der Zeremonie, als wir wieder in der Kaserne sind: »Hast du das Pferd gesehen, den Apfelschimmel von Vater? Das Tier hat gezittert. Kein vertrauter Schenkeldruck mehr, keine liebkosende Hand, nie mehr die sanfte Stimme – nur noch der Tod. Ich habe noch nie ein lebendes Wesen gesehen, das einsamer war.«

»Du hast Vater nicht gesehen, als wir ihn nach unserem letzten Besuch allein zurückließen.«

Leutnant Berghammer gibt uns zwei Tage Sonderurlaub.

»Damit ihr euch um eure Mutter kümmern könnt …«

Wir haben die möblierte Wohnung im Nonnstal aufgegeben, Vaters Sachen in zwei Kisten verpackt. Mutter geht es schlecht, wir helfen ihr, ein paar Habseligkeiten zusammenzupacken.

Der Rest soll nachgeschickt werden.

Sie hat mit Onkel Josef in Ried telefoniert. Er ist ein Vetter meines Vaters, Gastwirt und Sägewerksbesitzer. Dort, in Ried, will sie die erste Zeit bleiben, allein sein, nachdenken, trauern.

Wir begleiten sie auf dieser verzweifelten Reise. Sie schaut unentwegt aus dem Fenster des schäbigen Zuges, spricht kein Wort.

In Ried wird Mama liebevoll empfangen, sie kann in Tante Mariannes Haus wohnen, wo wir früher bei den Großeltern waren, wo ich eines Tages mit Opapas Stiefeln herumrennen durfte, einen ganzen Mittwoch lang. Mama bittet mich, in der Kapuzinerkirche eine Seelenmesse zu bestellen. Als wir das Haus verlassen, um die Rückfahrt anzutreten, schaut sie uns aus dem Küchenfenster im ersten Stock nach. Sie winkt nicht.

Gestern war Waffenappell. Oberjäger Witzmann hatte von Anfang an eine Saulaune. Ich war wieder einmal MG-Schütze, hatte das Ding perfekt gereinigt und geölt.

Als er den Lauf mit einer scharfen Taschenlampe kontrolliert, entdeckt er einen winzigen Fussel von dem Putzwerg.

Er kriegt einen seiner Tobsuchtsanfälle. »Dreck!« brüllt er. »Rost!«

»Jäger Sammer, ich könnte Sie dafür drei Tage in den Bau schicken, aber ich habe was Besseres mit Ihnen vor. Wir sehen uns morgen auf dem Exerzierplatz.«

Also Strafexerzieren.

Ich habe das MG noch einmal nachgereinigt. Eine Scheißarbeit, bei der mir jedesmal der Schweiß ausbricht.

Witzmann übergibt die Gruppe dem Jäger Mumm. Mich unterzieht er einer Sonderbehandlung.

Nach zehn Minuten bin ich schweißgebadet, trotz des Drillichs und relativ niedriger Temperatur.

Ungefähr zwanzigmal läßt er mich die Strecke bis zur Kasernenmauer rennen, dann läßt er mich zurückrobben. Dann zehn Kniebeugen mit der Waffe im Vorhaltegriff. Rennen, robben, auf, nieder. Das MG wiegt jetzt zentnerschwer, der Stahlhelm schneidet in meine Stirn, die Gasmaskenbüchse trommelt gegen meine Hüfte.

Er brüllt: »Gasmaske auf!«

Und als ich sie mit zitternden Händen endlich angelegt habe: »Ein Lied! Es zittern die morschen Knochen ...«

Mein Schädel zerspringt, meine Lungen platzen, meine Arme sind gelähmt. Ich bin voller Dreck von oben bis unten. Schließlich läßt er mich in einem kleinen Kreis um sich herumlaufen, und als ich vor ihm bin, brüllt er: »Hinlegen!« und dann: »Achtung!«

Ich stehe ihm jetzt auf einem halben Meter gegenüber. »Gasmaske ab!«, schreit er.

Ich hänge das MG über die Schulter, reiße die Gasmaske herunter. Aus dem glitschigen Gummi trieft Schweiß.

»Waffe in gestrecktem Vorhaltegriff so lange halten, bis du nicht mehr kannst ...«

Ich kriege das MG gerade noch hoch, dann fällt es mir aus den Händen. Witzmann fängt es auf. »Wir können das noch eine halbe Stunde fortsetzen, dann bist du tot. Ich sehe, daß deine Augen voller Wut sind. Also, schlag zu, dann bring ich dich vor's Kriegsgericht.«

Ich kann die Tränen kaum zurückhalten. Leise sage ich: »Warum tun Sie das, Witzmann? Was habe ich Ihnen getan?«

Er schaut mich lange an. Plötzlich sehe ich eine unendliche Traurigkeit in seinen Augen.

»Ich hatte einen Sohn wie dich«, sagt er leise. »Ein ehrgeiziges Schwein von Major wollte sich einen Orden verdienen. Er hetzte seine Leute auf die feindlichen Linien, obwohl er wußte, daß die Russen in einer zehnfachen Überzahl waren. Von zweihundertzwanzig Mann sind hundertsiebzig gefallen, im Sperrfeuer des Gegners. Mein Sohn war einer von ihnen ...«

Er gibt mir behutsam das MG. »Geh dich jetzt duschen.«

Langsam beruhigt sich mein keuchender Atem. Ich kann das Weinen nicht mehr zurückhalten. »Witzmann«, sage ich, »du hast einen Sohn verloren, ich einen Vater – wir sind quitt.«

Dann stehe ich zehn Minuten unter der kalten Dusche, mit allen Klamotten. Brauner Schlamm gurgelt in den Ausguß. Als das Wasser endlich klar wird, drehe ich den Hahn zu, und als ich mich umdrehe, steht da Leutnant Berghammer, der mich wohl die ganze Zeit beobachtet hat.

»Der Hugo Witzmann ist ein armes Schwein. Ich habe gesehen, wie er dich beinahe zu Tode geschliffen hat, aber ich durfte ihm nicht seine Autorität wegnehmen. Er hat dir sicher die Sache mit seinem Sohn erzählt. Er hatte noch einen zweiten Sohn, elf Jahre alt. Der fährt zur Kinderlandverschickung, der Zug wird von Tieffliegern angegriffen, der Junge stirbt. Witzmanns Frau ist in einer geschlossenen Anstalt für Schwerst-Alkoholiker. Gestern ist sein Marschbefehl gekommen: Ostfront, wahrscheinlich Donezbecken ...«

Am Abend gehe ich zu Witzmanns Quartier. Ich habe die Zigarettenration von zwei Wochen zu einem kleinen Paket verpackt. Ich klopfe leise. Keine Antwort. Ich öffne vorsichtig die Tür.

»Jäger Sammer bittet eintreten zu dürfen ...«

Es ist ziemlich dunkel in der Stube. Es riecht unangenehm. Als sich meine Augen an das Dämmerlicht gewöhnt haben, sehe ich ihn. Er sitzt an seinem Schreibtisch, der Kopf ist auf die Tischplatte gesunken – oder das, was von seinem Kopf übrig ist. In der rechten Hand hält er die Dienstpistole.

Der Geruch ist Blut- und Pulverdampf.

Heute kam der Brief von der UFA. Albert W. teilt mir mit, daß er mich beim Propagandaminister »durchgedrückt« hat. Dem Brief liegt ein Arbeitsvertrag bei, wonach ich für die Dauer der Drehzeit monatlich 1.500 Mark bekomme und eine Aufwandsentschädigung (Diäten) von täglich zwanzig Mark. Die Produktionsleitung freut sich auf die Zusammenarbeit. Berghammer gratuliert mir und beordert mich ins Divisionskommando. Der lange Lulatsch von Adjutant liest mir ein Dienstschreiben des OKW vor, nach dem ich ab sofort, bis zur Beendigung der Dreharbeiten an dem Film »Schenke zur ewigen Liebe«, vom Wehrdienst freigestellt bin.

Ich habe mich unverzüglich nach Waldenburg in Schlesien in Marsch zu setzen.

David nimmt mich in den Arm. »Du wirst ein großer Star werden, ich weiß das.«

Ich muß lachen. Zum ersten Mal seit meinem Besuch bei Hugo Witzmann.

»Du wirst meine rechte Hand. Von Geschäften verstehe ich sowieso nichts.«

Ich kann zur Zeit nicht Tagebuch schreiben. Die Dreharbeiten sind viel anstrengender, als ich gedacht habe, und abends lerne ich Text. Auch das ist schwerer, als ich gedacht habe.

So verkrampft kommt mir der Dialog vor, Papiersprache – so spricht doch kein normaler Mensch. Albert droht mir mit dem Finger: »Wenn du nicht artig bist, kommst du an die Front.«

Bei einem echten Wassereinbruch in der Grube, wo wir drehen, wären wir fast alle ersoffen.

Albert hat mich überredet, über meine Erfahrungen und Erlebnisse beim Film ein Buch zu schreiben. Es wird bei einem Jugendbuchverlag in Stuttgart erscheinen.

DAVID

Nach den Dreharbeiten kommt Daniel zurück zu unserer Einheit. Wir werden nach Landeck in Marsch gesetzt. Die Quartiere sind desolat. Die Baracken riechen faulig. Die Dielen sind durchgetrampelt. In den Strohsäcken ist zusammengelegenes Stroh.

Am nächsten Tag bricht alles auseinander. Daniel kommt ins Krankenrevier. Er hat über vierzig Fieber.

Drei aus der Gruppe werden sofort nach Italien in Marsch gesetzt. Die meisten wirft man den über das Allgäu vordringenden Amerikanern entgegen. Sie fallen alle, wie ich später erfahre, bis auf einen, dem nur ein Bein amputiert wird.

Einer übernimmt mit einem Haufen Marinesoldaten, Hitlerjugend und Volkssturm die Sicherung des Bahnhofs. Der Rest wird Erschießungskommando.

Zu dieser Zeit desertieren viele Leute, deshalb muß auch viel erschossen werden. Mich erwischt dieses Kommando. Wir bekommen für diesen Zweck Mannschaftskleidung. Jeden Morgen um vier werden wir geweckt. Dann geht es hinaus an die Kiesgrube, wo schon ein paar armselige Delinquenten warten, die man mit Lastwagen dorthin gebracht hat. Sie werden mit gefesselten Händen an bauchhohe Pfähle gebunden. Wenn sie wollen, bindet man ihnen die Augen zu. Manchmal sind sie sehr alt, manchmal sind sie Kinder. Sie haben niemals Rangabzeichen, keine Orden. Oft schreit einer: »Es lebe Deutschland.« Oft schreien sie nach der Mama. Wenn Gott uns gnädig ist, schreien sie nichts. Einmal fängt einer an, die Internationale zu singen. Sie endet in unserer Salve. Man merkt sofort am Rückstoß, ob man scharf geschossen hat, denn nur ein Teil der Gewehre ist scharf geladen; der Rest mit Platzpatronen, die keinen Rückstoß geben.

Nachdem ich einmal erlebt habe, wie auf einen Mann dreimal geschossen werden muß, bis sein Angst- und Schmerzensgebrüll verlöscht, ziele ich immer genau aufs Herz. Bleibt der Rückstoß aus, ist es, als ob ein zurückgehaltener Schrei sich lautlos befreit.

Wir bekommen Sonderrationen.

Ich esse nichts.

Ich erbreche mehrmals am Tag.

Nachts liege ich mit offenen Augen, höre das Schnarchen der anderen. Manchmal leises Weinen.

In der vierten Nacht haue ich ab. Nunmehr potentieller Anwärter auf die andere Seite der Kiesgrube. Aber ich kenne hier oben jeden Stein. Tagsüber schlafe ich unter Gestrüpp, nachts bewege ich mich mit äußerster Vorsicht. In der zweiten Nacht erreiche ich unsere Hochalm. Ich krieche in eine der Rindenhütten, die die Holzfäller benützen. Ich bete zum ersten Mal seit langer Zeit, bin so müde, daß ich immer wieder den Faden verliere. Dann gebe ich es auf. Gott läßt mich zwölf Stunden durchschlafen.

DANIEL

Ich liege in meiner Unterkunft, wo es nach fauligem Holz riecht, nach angeschimmeltem Mauerwerk und feuchter Wolle. Ich habe eines der unteren Betten genommen, war zu schwach, mich ordentlich auszuziehen. Dann habe ich verschiedene Kleidungsstücke drübergezogen, zwei der moosgrünen, kragenlosen Kunststoffpullover, weil mich von Zeit zu Zeit Eiswellen heimsuchen.

Der Sanitäter hat eine Erkältung diagnostiziert und mir Haufen von Prontosil verschrieben. Sanitäter verschreiben immer Prontosil, wenn es sich um innere Anwendung handelt. Für äußerlich Sichtbares gibt es essigsaure Tonerde. Wenn ich mich aus dem Bett herausrolle und in den naßkalten Waschraum schleppe, dreht sich alles. Ich pinkle knallrot in die Blechrinne. Am Nachmittag wird es mir zu dumm. Ich besorge mir einen Ausgangsschein, der mich berechtigt, die Stadt zu verlassen, und borge mir von Freunden ein Fahrrad. Für die dreizehn Kilometer bis zur Tante brauche ich fünf Stunden. Vorm Haus fällt mir das schwere Fahrrad aus den Händen, ich verfange mich in den Pedalen, stürze, bleibe über dem Rad liegen.

Ich wache in einem weißen Bett auf. Die Tante steht am Fußende und hat die Hände gefaltet. Sie lächelt sogar, als ich die Augen aufschlage. Am Bettrand sitzt, zwischen gelben Fingern eine Zigarette, Kranes, der alte Doktor. Er hat eine raue Stimme, die nur schön wird, wenn er im Kirchenchor singt. »Griaß di«, sagt er und schüttelt den Kopf. Seine Gesichtshaut hat überall weiße Talgeinschlüsse, als hätte er mit der flachen Hand in Milch geschlagen und ganz feine Tropfen abbekommen.

»Fährt der Kerl Rad mit einer beiderseitigen …«

»Beiderseitigen was?« will ich wissen.

»Na, Lungenentzündung natürlich.«

So geht die Neige des Krieges an mir vorüber.

Ich genese langsam, gesunde unter Tantes pflegenden Händen. Sie tauscht mich ein gegen ihre beiden Söhne, die draußen im Krieg sind, nimmt mich als Unterpfand für deren gesunde Rückkehr. Meine Kräfte kehren wieder, so wie die des Krieges abnehmen. Und doch ist er nicht ganz zu Ende, als ich wieder gesund bin. Eines Tages klettere ich auf einen Lastwagen, zerre das geborgte Fahrrad hinterdrein. Die Tante steht da und winkt. Und weint nicht. Als aber der Lastwagen um die Ecke schlingert und sie zwischen zwei Kastanien noch mal kurz auftaucht, hat sie ein Sacktuch aus der Schürzentasche gefingert und schnell über die Augen gewischt.

In die Kaserne herrscht das Chaos. Das Mädchen auf der Schreibstube erklärt mir, daß alle Akten verbrannt worden seien, eine Registrierung ist also ausgeschlossen. Im Kasernenhof stehen Omnibusse mit der Aufschrift »Zur Front«, eine Einladung gewissermaßen, einzusteigen und den kleinen Ausflug zu den Amerikanern zu machen. Da hätte auch stehen können »Zum Heldentod« oder »Zum Massengrab«.

Ich suche mir einen Platz in der saubersten Baracke, viele Kameraden sind wohl schon abgehauen. Die meisten Spinde sind offen, funkelnagelneues Zeug liegt herum, vom Besteck aus Mamas Silberlade bis zu zwigenähten Bergschuhen. Alles stammt aus Lagern, die bis unters Dach gefüllt waren. Soldaten klettern auf Bergen von Rucksäcken, Zeltbahnen, Hosen, Jacken und Schuhen herum und schmeißen das Zeug anderen Soldaten runter, die in geflickten Klamotten rumstehen und sich nicht trauen. Ein Offizier mit Ritterkreuz rast im offenen Wagen herbei, reißt die Pistole aus dem Halfter, jagt die Soldaten zum Teufel, läßt das Lager schließen. Als er weg ist, wird alles wieder aufgemacht. Zivilisten kommen aus der Stadt und holen sich ihr Teil.

Ein Oberst, den ich von früher kenne, ernennt mich zum Führer seiner Melder, obwohl er gar keine Melder mehr hat …

Ich suche überall nach David, finde ihn nicht. Als ein Lastwagen voll Verwundeter ankommt, ist er nicht dabei. Beim Ausladen fallen drei von der Ladefläche, die schon tot sind. Abends gibt es eine Art Appell. Neben mir stehen Kinder in HJ-Uniform, alte Marineartilleristen, Arbeitsdienstler, ein Matrose mit Seesack. Der Kommandant dieser Versprengten-Kompanie trägt einen Arm in der Schlinge. Er sagt mit leiser Stimme, daß er uns morgen an die Front führt. In der Schreibstube bekomme ich einen Urlaubsschein bis zum Wecken. Ich gehe in die

Stadt und fahre mit einem der vorbeidonnernden LKWs zur Tante.

Sie steht vor dem Haus. Die Abendbrise bewegt ihr schon leicht angegrautes Haar. Sie lächelt, als hätte sie gewußt, daß ich komme. »Bleibst du jetzt da?« fragt sie und öffnet die Tür, hinter der es nach Mehlspeise riecht. »Komm essen.«

Gegen Mitternacht kommt eine Transportkolonne an, acht Zwölftonner, bis unters Dach vollgestopft. Marineartilleristen springen herunter, machen unter einem Vordach ein kleines Feuer und wärmen sich Suppe und Büchsen mit fettem Schweinefleisch.

Einer von ihnen stammt aus dem Dorf, er heißt Kaseroller und hat den Transport hierher geleitet. Wir hören, daß durch Oberitalien eine riesige Armee nach Norden flutet. Alle Paßstraßen und Täler sind verstopft.

Als das Tageslicht über den Buckel des Venet heraufkriecht, sind alle Fahrzeuge entladen, der kostbare Inhalt, Butterfässer, Schweinefleischbüchsen, Zigarrenkisten und Blechtrommeln voller Schokolade auf Handkarren, Leiterwagen und Radelbegen in die Häuser gekarrt, unter Strohballen und Heustöcken versteckt, und eine anständige Portion für den Eigenbedarf ist auf Maultiere verladen, die nun, Hafer mahlend, mit den Hufen scharren und auf den Aufbruch warten.

In schnellem Tempo geht es beim ersten Tagesschimmer aus dem Dorf heraus, wir treiben die Tiere mit kleinen Stöcken an und schwitzen bald unter unseren riesigen Rucksäcken, dem sperrigen Druck von Waffen und Munition. Lange vor Mittag erreichen wir ein einsames Gehöft, der Bauer weist uns Quartier an, wir entladen die Mulis, verteilen die Waffen an strategischen Punkten.

Im Dorf läuten die Glocken Mittag. Aus der offenen Haustür steigt der überwältigende Duft von gebratenen Kartoffeln in unsere Nasen. Als wir uns zum Essen niedersetzen, taucht plötzlich David auf. Er hat tagelang fast nichts gegessen, Kinn und Oberlippe ziert ein schütterer Bart, seine Uniform sieht aus, als wäre sie ein paar Nummern zu groß.

Als er sich sattgegessen hat, hören wir Motorengeräusche, die unterhalb des Hauses verstummen. Wachen werden verteilt, hinter jedem Fenster postiert sich ein Mann mit Karabiner, zwischen zwei gerundeten Balken lugt der Trichter eines Maschinengewehrs hervor. Über dem Haus liegt eine trügerische Stille, nur unterbrochen vom wehleidigen Singsang der Hühner. Der Bauer macht sich vor dem Haus zu schaffen. Einer der Marinesoldaten sitzt auf der Bank. Er schnitzt an einem Rindenschiff.

Sämtliche Augen sind auf die Krümmung gerichtet, wo der Weg, aus dem Wald kommend, sichtbar wird. Dort tauchen zwei Gestalten auf, stahlhelmbedeckt. Im Feldstecher kann man das Schild der Feldgendarmerie erkennen, das an einer Kette um ihren Hals hängt. Sie kommen sehr langsam näher. Man kann sehen, daß sie aus den Mundwinkeln miteinander sprechen. Ihre Stiefel knirschen unangenehm auf dem steinigen Weg. Plötzlich bleiben sie stehen, schauen starr das Haus an. Einer hüstelt, ruft plötzlich, als wäre es ein Scherz: »Sind hier vielleicht deutsche Soldaten?« Der schnitzende Soldat blickt hoch, schaut sich nach allen Seiten um, schüttelt den Kopf, antwortet in hartem Oberschlesisch: »Deutsche Soldaten? Nix!« In die nun folgende Stille klickt die Sicherung eines Karabiners. Das Schloß eines Maschinengewehrs wird mit einem metallischen Geräusch zurückgezogen. Die beiden Gendarmen sehen sich zufrieden, beinahe fröhlich an, sie salutieren Richtung Oberschlesier, gehen ein paar Schritte rückwärts, so wie man vom Haus eines guten Freundes weggeht, dann wenden sie sich um, gehen langsam, immer schneller werdend, der Kurve zu.

Es bricht ein ziemlicher Jubel los, und der Sieg wird mit Ribislwein gefeiert, den der Bauer durch den ganzen Krieg gerettet hat.

Am nächsten Tag liegen David und ich auf unserem Ausguckposten. Die riesigen Felsquader ragen wie eine Tribüne aus dem bewaldeten Hang empor. Wir schauen schweigend ins Tal, beobachten die Straße, sehen Auto um Auto nach Norden rollen. Kettenfahrzeuge dazwischen, dann eine Pause, Kradmelder, neue Kolonnen. Wir sehen alles wie in einem Stummfilm, da der Wind in unserem Rücken steht und jedes Geräusch von uns fortbläst. »Wir haben den Krieg verloren, was werden wir jetzt machen?« sagt David.

»Wir haben ihn nicht angefangen – sie haben uns darauf vorbereitet wie Erstklässler auf die Heilige Kommunion. Aber als wir hinknieten am Speigitter, die Zunge erwartungsvoll vorgestreckt, um die Hostie zu empfangen, da ist der Pfarrer davongelaufen …«

»Ich hab meinen Teil schon beigetragen«, sagt David. »Ich habe eine Menge Leute erschossen, hauptsächlich Kinder und alte Männer.«

Wieder schweigen wir. Unten sind die Kolonnen, ineinander verkeilt, zum Stehen gekommen. »Sie werden uns vielleicht deportieren«, meine ich. »Nach Rußland oder Frankreich. Oder vielleicht nach Amerika. Amerika muß schön sein. Savannen und Büffelherden …«

»Ich möcht nicht fort von hier«, sagt David. »Ich möcht lieber hier bleiben.«

Unten im Tal hat sich der Stau aufgelöst. Die Fahrzeugkette wird dünner, reißt ab, einzelne Autos kleckern hinterher. Schließlich bleibt die Straße leer. Dann kommt eine Gegenbewegung. Auf einem Fahrzeug scheint eine weiße Fahne zu flattern. Nun ist alles wie ausgestorben.

»Wir müssen herausfinden, was unten los ist«, sage ich. Wir gehen zum Hof zurück, melden unsere Beobachtungen. Es wird beschlossen, daß ich die Lage im Dorf erkunden soll. Ich werde mit einer Lederhose und einer 38er-Pistole ausgestattet. Der Bauer gibt mir Hemd und Janker, und alle geben mir gute Ratschläge.

Mit dem Ave-Läuten bin ich am Waldrand, etwas oberhalb des Dorfes. Der Weg ist auf beiden Seiten mit Berberitzen eingesäumt. Es ist leicht, ungesehen bis zum Kapuzinerkloster zu kommen. Im Gemüsegarten arbeitet ein Mönch mit der Hacke.

»Was ist los, Pater?« frage ich leise, um ihn nicht zu erschrecken. »Ist der Krieg zu Ende?«

Er richtet sich auf, schaut über den Stiel der Hacke zu mir herüber. »Geh nur hinein«, antwortet er sanft. »Vielleicht wissen die mehr als ich.«

Ich klettere über die niedrige Gartenmauer, der Pater wendet sich ab. Ich gehe durch die schmalen, finsteren Gänge, erreiche das Refektorium, trete nach kurzem Anklopfen ein.

An einem langen Tisch sitzen zwei Offiziere, die Uniformjacken nur umgehängt, auf ihren Spiegeln und Schulterstücken goldene Schwerter auf lila, offenbar Kriegsrichter. Ich schließe die Tür, taste nach der schweren Pistole an meinem Hosenbund, bleibe stehen.

Die beiden Herren stellen ihre Gläser ab, der eine sagt: »Gelobt sei Jesus Christus.«

Da weiß ich, der Krieg ist aus. Ich verlasse grußlos den Raum und gehe zum Pater Superior. »Der Krieg ist aus, Bub«, sagt er.

»Was wird aus uns? Wir haben nichts gelernt außer Töten. Und auch das nur theoretisch. Wir können nichts.«

»Bleibt erst mal oben in den Bergen. Alles Weitere wird sich finden. Aber seid vorsichtig. Die nächsten Tage werden verdammt gefährlich. Die Widerstandsbewegung hat einige SSler und Nazibonzen liquidiert.«

Ich gebe ihm die Hand, laufe schnell die Treppe hinunter, muß durch die kaum erleuchtete Kirche, knie vor dem Ewigen Licht nieder, mühe mich um ein Gebet, stehe schließlich wütend auf, werfe die Pistole hinter den Altar und gehe zurück zum Hof.

Am nächsten Tag kamen die Amerikaner. Es sah aus, als ob ein ausgetrocknetes Bachbett sich plötzlich talaufwärts zu füllen beginnt. Zaghaft zunächst, vereinzelte senfbraune Fahrzeuge, dann folgte der Strom, gewissermaßen die zweite unaufhaltsame Welle. Panzer auf Panzer, Kettenfahrzeuge mit senffarbigen Soldaten, winzige, viereckige Autos mit Antennen, Kanonen, deren Rohre auch mit bloßem Auge erkennbar waren. Über die Bergkämme kam ein stotterndes Geräusch; Hubschrauber, giftigen Hornissen gleich, zerhämmerten mit ihren Rotorflügeln die Luft.

Der Oberschlesier hatte in der Nacht Radio gehört. Er hatte einen polnischen Sender erwischt. Hitler sei wohl tot, jedenfalls hatte der Sprecher gesagt, er habe sich mit Benzin übergossen und sei vor dem Bunker der Reichskanzlei verbrannt.

Ich legte mich unter einen Birnbaum, schaute in den aschfarbenen Himmel, versuchte, es meinem Großvater gleichzutun, sah aber nichts Außergewöhnliches. Ich hatte angefangen, mich mit dem Gedanken an den Tod zu befreunden. Nun war dieser Tod auf einmal in weite Ferne gerückt, vor mir lag eine neue, noch viel schwerer zu begreifende Unbekannte, das Leben, ein möglicherweise langes, überhaupt nicht geplantes Leben.

Wieder hörten wir mahlende Geräusche eines Autos. Der Motor wurde abgestellt, wir warteten auf das, was gleich um die Kehre kommen mußte. Die Fenster waren besetzt wie vor ein paar Tagen, ebenso wie Scheune und die Dachluken. Diesmal saß ich vor dem Haus auf der Bank und schnitzte. In der Tasche hatte ich eine Eierhandgranate. Auf einmal hörten wir eine Detonation, der Wagen wurde wieder angelassen, Sekunden später bog er mit Karacho um die Ecke. Es war eines dieser viereckigen Autos, die Windschutzscheibe war heruntergeklappt, in einer Lafette steckte eine Zwei-Zentimeter-Kanone. Zwei junge Soldaten schwangen sich aus dem Fahrzeug, stemmten die Hände in die Hüften, kauten. An ihren Gürteln baumelten riesige Revolver, an deren Ende lange Lederschnüre hingen. Die tadellos gebügelten Hosen steckten im gamaschenartigen Oberteil ihrer Kampfstiefel, die Stahlhelme glänzten matt.

Ich blickte ihnen starr entgegen, schnitt vor Aufregung mein Rindenboot in zwei Teile, hatte alles vergessen, was ich je an Englisch eingebleut bekommen hatte. Der größere Soldat schrie plötzlich: »Weapons? German soldiers?« Ich wollte genauso gelassen wie der Oberschlesier antworten, aber ich bekam nichts heraus. Die beiden Soldaten näherten sich, blieben stehen. »Do you hear me?« sagte der eine unsinnigerweise. »Are there german soldiers? Weapons? You better tell me.«

Ich antwortete leise: »No weapons, … no soldiers … please go away.« Sie schauten sich an, richteten dann ihre Blicke auf mich, überlegten offenbar, was von einem Jungen in kurzen Lederhosen zu erwarten war, der circa fünfzehn Jahre alt und fünfzig Kilo schwer war. In die Pause kam ein Klicken. Ein Metallbolzen wurde in einen Metallschlitz zurückgezogen. Jemand repetierte fast lautlos einen Karabiner. Die Soldaten schauten überrascht, wendeten sich unschlüssig zum Gehen. Auf dem Rücken hatten sie drei parallel verlaufende senkrechte Bügelfalten.

Sie wendeten und fuhren mit mäßiger Geschwindigkeit davon.

Im Tal waren die Verhältnisse chaotisch. Die aus dem Süden gewaltsam heraufgepreßte Armee, die sich wie ein Pfropfen im Flaschenhals des oberen Inntals festgeklemmt hatte, begann ihre Versprengten zu sammeln. Die Amerikaner erklärten in Tagesbefehlen, daß jeder, der sich in die Berge absetzte, als Freischärler, Bandit oder Werwolf behandelt und gemäß internationalem Kriegsrecht erschossen würde. Die beiden feindlichen Armeen praktizierten im Dorf eine Form argwöhnischer Koexistenz. Im Unterdorf die Deutschen, sich selbst, da gefangen, mit Stacheldraht umwickelnd. Im Oberdorf die Amerikaner, mit kindlicher Freude den Militarismus der Deutschen persiflierend. Das sah in der Praxis so aus, daß die Deutschen, Lieder singend, durch ihr Hoheitsgebiet marschierten, Appelle abhielten, Befehle ausgaben, Disziplinarstrafen verhängten, die Grußpflicht des Soldaten durch Heben des rechten Armes zum Deutschen Gruß aufrechterhielten, Schreibstuben einrichteten, Wehrsold auszahlten usw.

Die Amerikaner dagegen, Weißbrot essend, übermäßig gut genährt, spielten Musik aus Lautsprechern, warfen zentimeterlange Zigaretten weg, verbrannten Speisereste in Erdfurchen und hoben, wie sie es von ihren feindlichen Kollegen gesehen hatten, den rechten Arm zum Hitlergruß, wobei sie erfolglos versuchten, ernst zu bleiben. Daniel und ich wurden, jedenfalls auf Listen, Angehörige einer Versprengten-Kompanie.
An einem Maitag ereignete sich unser achtzehnter Geburtstag, ohne daß irgendjemand davon Notiz nahm.

Der Stacheldraht am Inn mußte, nachdem amerikanische Soldaten sich die nackten Füße aufgerissen hatten, beseitigt werden. Dadurch war die deutsche Armee wieder frei. Eines Abends wurde der Befehl ausgegeben, daß unsere Einheit am nächsten Morgen in Richtung Norden abziehen sollte. Aber die deutsche Armee zog ab ohne uns. Wir vertauschten die ramponierten Uniformen mit noch ramponierteren Lodengewändern. Als wir durch Plakate aufgefordert wurden, uns einer amerikanischen Entlassungskommission in Landeck zu stellen, fuhren wir mit geliehenen Fahrrädern hinunter. Der Entlassungsoffizier sprach Deutsch mit wienerischem Tonfall. Auf einem Schild konnten wir lesen, daß er Captain war. Ich mußte ihm meinen Rang in der HJ erklären. Dann blickte er David an. »Warst du auch Führer?« David schüttelte den Kopf und sagte leise: »Nein.« – »Warum nicht? Warst du zu dumm dazu?«

Zehn Minuten später hatten wir beide Entlassungsscheine mit großen, wichtig aussehenden Stempeln.

Nach einer Woche zogen die Amerikaner ab, und die Franzosen marschierten ein. Wir wurden zum zweiten Mal entlassen, wieder von einem wienerisch sprechenden Offizier.

DAVID
Die ersten Tage nach dem Krieg waren sonderbar. Die Freude, daß er vorbei war, wollte sich nicht einstellen.

DANIEL
Ich gehe zur Universität und erkundige mich nach den Möglichkeiten, die ich mit meinem Notabitur habe. Schließlich bekomme ich eine Liste mit sieben verschiedenen Gebühren, die ich zu bezahlen habe. Mir ist schlecht vor Hunger.

Ich sehe im Rettungsheim-Kino einen Film mit Veronica Lake. Erste Reihe, Augenweh. Beim Herauskommen stoße ich mit jemand zusammen. »Mensch, Sammer«, sagt der. »Mit so einem harten Kopf muß man aufpassen.«

Er war Fourier in Glasenbach, und ich hatte ihn später in der Kufsteiner Kaserne wiedergetroffen. Er war ein Meister des Organisierens und hatte mir öfters Essensmarken zugesteckt. »Was machst du? Kannst du Skifahren?« fragt er. Ich schaue ihn erstaunt an. »Ja, mit vier Jahren zum ersten Mal. Ferrariwiesen. Dritter bei den Schulmeisterschaften. Militärski, Vierzigkilorucksack und MG 42 …«

Er ist jetzt Requisiteur beim Film. In vier Tagen beginnen sie einen Skifilm, brauchen noch einen Darsteller. »Ich sehe heute abend den Produzenten, ich frage ihn.« Er gibt mir eine Nummer in Kitzbühel, dort soll ich am nächsten Abend anrufen.

Ich renne herum wie im Taumel, leihe mir norwegische Hickory-Schichtenski, zwei handgestrickte Pullover, doppelt geschnürte Skischuhe mit Tricouny-Beschlag, Fäustlinge. Um vier Uhr bin ich schon auf der Post, helfe beim Umstapeln von Paketen, sortiere Briefe, kehre die Stube. Um fünf Uhr rufe ich zum ersten Mal an – keine Antwort. Um sechs machen sie zu. Herr Soundso ist nicht da. Ich sage: »Er muß da sein, er erwartet meinen Anruf.«

Eingehängt.

Ich reiße auf dem Heimweg Plakate von der Wand, trete gegen den Gartenzaun, daß zwei Latten abbrechen.

In aller Herrgottsfrühe werde ich geweckt: »Sollst auf die Post kommen. Da ist ein Telegramm für dich …«

Zwei Tage später erreiche ich Kitzbühel. Wir wohnen in einem Schloß. Ein alter Mann schneidet mir die Haare. Dann werde ich eingekleidet und einem dicken, kurzsichtigen Mann vorgeführt. Er geht um mich herum wie die Bauern auf dem Markt um ein Kalb und sagt: »Lauf!« – »Sag was!« – »Lach!« – »Was kannst du?«

»Skifahren«, antworte ich berechnend. »Schießen, mähen, Bäume fällen …«

»Mach einen Amerikaner!« Ich rede wie die Soldaten, die ich im Dorf beobachtet habe, gehe wie auf Gummischuhen. »Du wackelst wie ein Schwuler!« Er kann sich vor Lachen kaum halten.

»Ich könnte besser einen Russen spielen«, sage ich. »Für einen Amerikaner ist mein Arsch nicht dick genug.«

So werde ich Schauspieler.

Ich fahre in diesem Jahr mehr Ski als andere Leute in einem ganzen Leben. Das Essen ist ausreichend. Unser Kameramann, zwei Meter vier groß, bekommt immer doppelte Portionen. Ich lerne – es ist eine Koproduktion mit den Franzosen – Champagner trinken, verliebe mich in alle Partnerinnen, überrasche Yvonne, die französische Vedette, dabei, wie sie ins Waschbecken pinkelt, und lerne sehr gut französisch. Meine Schauspielerei ist peinlich. Das Mädchen, das mir am besten gefällt, schläft mit dem Produzenten. Trotzdem schreibe ich ihr Gedichte.

Der Film wird ein Fiasko.

Um Weihnachten herum kommt ein kurzer Brief. Darin werde ich aufgefordert, mich beim Direktor des Innsbrucker Rundfunks zu melden. Man lege großen Wert auf ein Gespräch, etc., etc. Unterschrift unleserlich. Hintendran ein PS, aus dem hervorgeht, daß mich Herr – wieder unleserlich – empfohlen hat.

Ich lese bis zum neuen Jahr jede Menge Theaterstücke, fange an, intensiv englisch zu lernen, lese laut Gedichte, Prosa, wissenschaftliche Texte. Nach Dreikönig gehe ich zur kleinen Rundfunkstation. Der Direktor hat die hellblausten Augen, die ich je bei einem Mann gesehen habe, und ist sehr klein. Er fragt mich: »Haben Sie Stefan Zweig gelesen, Franz Werfel, Heinrich Mann, Thomas, auch um Ilja Ehrenburg werden Sie nicht herumkommen … ich kann mir vorstellen, daß Sie Rilke intus haben und Stefan George. Aber das reicht nicht. Sie werden sich mit Brecht befassen müssen, Kierkegaard und Keyserling. Ich könnte Ihnen eine Chance geben.« Er kramt ein ziemlich unansehnliches Manuskript aus seiner Schublade und legt es mir hin. »Lesen Sie das durch. Das ist ein Aufsatz von Karl Kraus. Sie werden ihn in einer Dreiviertelstunde im Radio vorlesen. Wenn Sie das können, sind Sie angestellt.«

Ich sitze vor dem riesigen Mikrofon, übe lautlos und panisch den zu verlesenden Kraus-Text. Dann höre ich die Ansagerin meinen Namen nennen, und durch die schräge Glasscheibe sieht sie mich erwartungsvoll an. Meine Stimme klingt wie aus weiter Ferne, die Buchstaben sind zu klein, viel zu eng beieinander, teilweise ineinander verkeilt. Dann große Abstände, Reihen, die sich auflösen. Ich kneife die Augen zu, schließlich segelt alles auf seinen Platz. Ich lese, werde immer ruhiger, lese fehlerlos.

Dann geht das rote Licht aus, der kleine Direktor kommt herein und sagt: »Das war gar nicht so übel …« Er knufft mich in die Seite. »Unter uns, ich hätte es nicht besser machen können.«

Ich glaube, das war die Stunde, in der ich mich für diesen Beruf entschieden habe.

DAVID

Die Rolle des Schauspielers ist Daniel zugefallen, von Anfang an. Ich glaube, auch den guten Soldaten hat er nur gespielt, denn in Wirklichkeit war er wehleidiger oder vielmehr schmerzempfindlicher als wir anderen. Dann kam, vorhersehbar, aber für ihn schlagartig, der Zusammenbruch der Welt, für die man ihn vorbereitet hatte, das Zerbröckeln jener hochanständigen, mörderischen, kleinbürgerlichen Ordnung, in der unsere Eltern eine Rolle gespielt hatten. Da muß er den Entschluß gefaßt haben, der tödlichen Langeweile eines seriösen Lebens zu entrinnen. Eine große Portion Geltungssucht, Faulheit, unrealistische Schwärmerei dürfte mit im Spiel gewesen sein. Sicherlich auch der Wunsch, hinter Figuren und Masken ein Versteck zu finden. Da er bisher fast ausschließlich mit Lehrern und Erziehern zu tun gehabt hatte, sah er auch das Theater eher als etwas Lehrhaftes, nicht in der Hauptsache Unterhaltendes an – schon gar nicht als Zerstreuung für eine schöngeistige Gesellschaft von Spießern.

Langsam begann die blutbesudelte Welt wieder Tritt zu fassen. Die Länder unter ihrer Trümmerkruste erstarrten vor Entsetzen über die Greuel, die Menschen wehrlosen Menschen angetan hatten.

Während die Überlebenden ihre verwüsteten Wohnstätten aufräumten, Brücken bauten und Leichenberge begruben, las Daniel Gedichte, spielte Prinzen, Könige, Herrscher in einer Zeit, in der wir die Herrschaft der Mächtigen ein für alle Mal gebrochen glaubten.

Die Flucht in die Absurdität schien ihm gelungen zu sein.

DANIEL

Ich habe ein Hörspiel geschrieben und einen Preis dafür bekommen. Ein Kritker schreibt: »Es ist eine Mischung aus Thornton Wilders BRÜCKE VON SAN LUIS REY und Vicki Baums MENSCHEN IM HOTEL.« Muß beide Bücher schnellstens lesen. Zum ersten Mal habe ich mehr Geld, als ich für die dringendsten Bedürfnisse brauche.

Ein Vertragsangebot aus Hamburg – ich habe es angenommen. Ich soll in einem Film einen Dorfschullehrer spielen. Mein kleiner Direktor ist über meinen Entschluß unglücklich. »Haben Sie sich das auch gründlich überlegt? Bedenken Sie, was Sie aufgeben.«

»Entschuldigen Sie, wenn ich noch nicht in den Kategorien materieller Sicherheit denke.«

Er lächelt säuerlich. Dann sagt er ganz ruhig, ohne seine Worte pädagogisch aufzuladen: »Ich spreche nicht von Sicherheit. Ich spreche von einer kontinuierlichen künstlerischen Entwicklung. Sie sollten das nicht aufgeben für einen oberflächlichen, unwichtigen Film. Was Sie brauchen, ist ein Schreibtisch, an dem Sie arbeiten können.«

»Ich will keinen Schreibtisch, noch nicht. Vielleicht später. Jetzt will ich unwichtige, dumme Filme machen.«

Er schüttelt den Kopf. »Sie sind mir ein Rätsel. Ich habe Sie falsch eingeschätzt.«

Ich nehme Abschied von der Stadt. Trete die Reise an, Schicksalsreise nach Norden.

Ich spüre sofort, daß die Leute mich nicht leiden können. Sie haben nach den Fotos etwas völlig anderes erwartet und nehmen es mir übel, daß ich ihren Vorstellungen nicht entspreche. Die Zeit ist zu knapp, um Ersatz zu finden und mich heimzuschicken. Sie versuchen grob, meine Physiognomie zu verändern, reißen an meinen Haaren, schmieren mir teigige Schminke ins Gesicht, stecken mich in scheußliche Kleider. Nachdem sie mein Selbstbewußtsein bis auf die Fundamente zerstört haben, beginnen die Dreharbeiten.

Der Regisseur, früher mal ein großes UFA-As, besitzt

die Gabe, mich vor dem Stab, den Kollegen, fremden Zuschauern derart zu demütigen, daß ich mich wie eine getretene Schnecke zusammenkrampfe, unfähig, ein Gefühl oder einen Ausdruck zu entwickeln, der der Figur irgendwelche Konturen gibt.

Mit Wehmut denke ich an meinen kleinen Direktor, an die Behutsamkeit seiner Tadel und Korrekturen.

Am letzten Tag drehen wir eine Szene mit einem Motorrad. Ich habe wochenlang geübt und artistische Fähigkeiten entwickelt. Das schwere Motorrad soll sich, in ein Rudel Gänse geratend, überschlagen und in einen See stürzen. Die Rivalen, aus dem trüben Tümpel auftauchend, kämpfen dann auf Leben und Tod.

Mein Partner nimmt mich auf die Seite: »Fahr nicht so schnell, sonst brechen wir uns beide den Hals.«

Der Regisseur nimmt mich auf die Seite: »Fahr, so schnell du kannst. Sonst ist die Szene nicht zu gebrauchen.«

Ich fahre, so schnell ich kann. Ich werde ihnen beweisen, was für Arschlöcher sie sind. Ich werde sie zwingen, mich zu respektieren. Die Maschine rast in die Gänse, Federn fliegen, Erde spritzt, das Motorrad schleudert, prallt gegen einen Kilometerstein, überschlägt sich – etwa drei bis vier Meter in der Luft –, katapultiert uns beide wie Geschosse. Wir kämpfen bis zur Erschöpfung. Ich höre später, wie der Regisseur sich mit dem Kameramann unterhält. »Der Mann ist verrückt,« sagt er kopfschüttelnd.

Fünfziger Jahre, eine Theatertournee. Wir fahren durch die deutsche Provinz. Deutschland ist ein wunderschönes Land. Die Strukturen der Landschaft sind von unglaublicher Vielfalt.

Unser Glaube an die Reinlichkeit deutscher Hotels wird häufig auf eine harte Probe gestellt. Kulinarisch gesehen ist das Land, von wenigen Ausnahmen abgesehen, eine Wüste.

Die Menschen sind neugierig, nicht sehr taktvoll, aber freundlich. Manche Säle, in denen wir spielen, sind eine Katastrophe. Knarrende Bestuhlung, miserable Akustik, oft lange Schläuche, wo uns die hinteren Reihen nur als Punkt erkennen und kaum noch verstehen können. Dann wieder Theater, deren Bühnenhäuser so groß sind, daß leicht die Gesamtbevölkerung eines Ortes darin Platz fände. Großmannssucht der fünfziger Jahre. In einer Halle, die auf einem morastigen Parkplatz steht, gibt es nicht einmal einen Vorhang. Die Dekoration ist zu hoch, unser Mobiliar findet kaum Platz.

»Macht nichts«, sagt der Kulturreferent. »Unsere Leute sind das gewohnt.«

Die Moral unserer Truppe ist gut, obwohl das Zusammengepferchtsein im Omnibus eine riesige Nervenbelastung darstellt. Manchmal sind Einladungen nach der Vorstellung nicht zu umgehen. Es ist meistens grauenvoll. Zu vorgerückter Stunde, nach Erreichen des entsprechenden Alkoholpegels, kommen die Altnazis aus ihren Löchern gekrochen. Der Koch zeigt seine eintätowierte SS-Nummer, im Westerwald zittern die morschen Knochen, und SA marschiert mit ruhig-festem Schritt.

Es endet meistens mit »Kommunistenschwein« oder »Gehen Sie doch rüber in den Osten, wenn es Ihnen da drüben so gut gefällt …«.

Habe heute die letzten zehn Tage abgerechnet und vergessen, David das Geld zu geben. Nach der Vorstellung ist es weg. Eine Anzeige hat keinen Sinn. Morgen sind wir längst in einer anderen Stadt … .

Zwei Drittel der Tournee sind vorüber. Das Ensemble ist – technisch gesprochen – kurzgeschlossen. Die Damen wurden wie die Kettenbriefe mit ein paar freundlichen Worten weitergereicht. Übrig bleibt ein kleiner Schauspieler, der die Erwählte seines Herzens nicht bekommt, weil sie mit dem Trompeter schläft. »Den Blick immer stur auf die Kohle gerichtet«, hat gestern ein junger Kollege zu mir gesagt. Ich nehme an, daß er wirklich daran glaubt.

Ich achte sehr genau darauf, daß die Vorstellung nicht auseinanderfällt. Jede Ungenauigkeit, jede Tempoverschiebung wird eisern korrigiert. Trotz der täglich anderen Bühne, was einmal kürzere, einmal längere Gänge erfordert, trotz der unterschiedlichen Lautstärke, die vom Volumen des Zuschauerraums diktiert wird, ist jede Vorstellung präzise wie am ersten Tag.

David ist dabei eine große Hilfe. Er hat hervorragende Ohren. Er ist überhaupt der Lichtblick auf dieser Reise. Unaufdringlich, leise, effizient. Ich weiß, daß er manchmal unter meiner Despotie leidet. Sein Gesicht verfinstert sich dann etwas, zwischen den Augenbrauen stehen zwei senkrechte Falten, die sich oben zu einem schmalen Bogen vereinigen. Er sagt kein einziges Wort.

DAVID

Ich gehe über die Wiesen des Nachwinters, bräunlich und froststeif, hier und dort von kleinen, schnell sprießenden Prielen durchzogen. Ich lehne mich an die grauglatte Rinde einer Esche, schließe die Augen und lasse die flache Sonne blutrot durch die Augenlider scheinen. Zwischen dem Geflecht meiner Adern formt sich undeutlich dein Gesicht.

Zu meinen Füßen stehen die beiden Hunde, bewegungslos, die Hunde, die mir seit Tagen mißtrauisch folgen und mich manchmal aus ratlosen Augen anschauen.

Ich warte am Bahnübergang auf den Zug. Lange, bevor ich ihn sehen kann, höre ich das rüttelnde, stampfende Geräusch auf den Schienen. Dann donnert er heran, sich leicht in die Kurve legend, und ich denke, wenn er jetzt entgleist, geradeaus weiterfährt, bist du zu Mus zermanscht. Die Waggons fliegen vorüber, ein paar Kinder winken und ein alter Mann. Die Erwachsenen lesen Zeitung, und zwei Mädchen zeigen mit Fingern nach mir, als sie mich da im Wind stehen sehen, und kichern.

Es zieht mich unwiderstehlich zu der Baumgruppe, wo wir vor einem Jahr den Nachbarjungen gefunden haben, Josef, der sich aus Wut über seinen Vater und aus Ratlosigkeit hoch oben an einem Ast erhängt hatte. Ich sehe dich, wie du den Jungen herunterholst, Ast um Ast, eine kaum tragbare Bürde, wie du ihn ins Gras legst, wie du keuchend neben ihm halb liegst, halb kniest und ihm über die Haare streichelst.

Ich gehe müde nach Hause. In dein Haus. Die Böschungen der Nordhänge, vom Frühlingswind fleckweise freigeblasen, sehen aus wie das Winterfell riesiger Wildkatzen.

Ich öffne die Tür zu meinem kleinem »Austraghäusl«, wie ich es nenne; wohlige Wärme schlägt mir entgegen. Ich rufe die Hunde, aber sie sind schon zum Haupthaus gelaufen, wo es jetzt so unheimlich still ist, kratzen an der Hintertüre und winseln leise. Der große legt sich auf den Heuhaufen neben der Tür, hebt den Kopf und heult wie ein Wolf.

Ich lege ein paar Scheite Holz auf das Herdfeuer und setze den Wasserkessel auf. Über die sanften Hügel senkt sich der Abend. Der ferne Berg, der wie ein überdimensionaler Hund über den Horizont wacht, färbt sich violett. In dem hohen Himmel steht ein einzelner, eigenartig heller Stern.

Die Schweine des in der Nähe gelegenen Zuchthofes fangen mörderisch an zu schreien, weil sie auf das Futter warten. Nach einiger Zeit wird es still.

Eine fast schmerzlich spürbare Einsamkeit fällt über mich her, Angst vor der Zukunft, der Herzmuskel zieht sich zusammen, als würde ihn eine kräftige Hand mitleidslos zusammendrücken. Ich habe keine Ahnung, was ich tun soll. Ich starre in die erkaltende Landschaft hinaus. Es regt sich kein Wind. Die Maulwürfe haben die Wiese arg zugerichtet.

Der Teekessel beginnt zu klappern, aus dem gebogenen Schnabel strömt Dampf. Ich gieße etwas kochendes Wasser in die alte Porzellankanne, die innen schon ganz dunkelbraun ist, schwenke sie aus, gebe Tee hinein, sumpfe ihn ein, wie ich das nenne, und füge nach einer Zeit geduldigen Wartens in kleinen Güssen kochendes Wasser hinzu. Du hast es mir beigebracht, vor ein paar Jahren, als wir mit Birthe auf irgendeiner Hütte zum Skifahren waren. Ich schlürfe den Tee behutsam, verbrenne mir trotzdem die Zunge.

Das Telefon klingelt. Irgendein Journalist will wissen, mit wem er spricht. »Hier ist der Bruder von Daniel Sammer«, sage ich ungeduldig. »Ich weiß nichts, ich habe nichts gehört, lassen Sie mich in Ruhe ...« Der andere murmelt noch was von pressefeindlich und Maßnahmen, die er ergreifen will. Ich ziehe den Telefonstecker aus der Kontaktbuchse, stelle das Telefon in den Schrank und schließe ab.

Mit der Tasse in der Hand gehe ich zum Haupthaus hinüber. Es ist jetzt schon so dunkel, daß ich auf meine Schritte aufpassen muß. Plötzlich spüre ich an meinem rechten Unterschenkel die Schnauze des kleinen Hundes. Er stupst mich irgendwie freundschaftlich. Ich beuge mich nieder und reiche ihm in der Dunkelheit meine Hand. Er weicht knurrend zurück.

Während ich mit dem großen Schlüsselbund das Haupthaus aufschließe, klingelt drinnen das Telefon. Ich kämpfe mich durch Blumentöpfe, stoße mir das Schienbein an der Eisentruhe, die sinnlos in der Diele herumsteht, und kriege endlich das Telefon zu fassen. »Hallo«, sage ich atemlos. Es ist Birthe, Daniels Frau. »Wo bist du?« frage ich. »Zu Hause«, sagt sie mit ihrer hellen Stimme, »in Vaters Geschäft. Ich habe es gerade in der Zeitung gelesen. Wo ist er?« – »Ich weiß es nicht«, sage ich. »Soll ich kommen?« fragt sie. »Ja«, sage ich, »komm! Ich hätte mich nie getraut, dich darum zu bitten – anscheinend kannst du Gedanken lesen ...« – »Ach Unsinn, ich höre an deiner Stimme, daß es dir schlecht geht. Gib mir zwei Tage, ich muß meine Cousine Hanne bitten, daß sie meine Arbeit übernimmt ...« Eingehängt.

Am nächsten Tag ist sie da. Hat eine Frühmaschine der SAS genommen, dann ein Taxi, steht mit einer Tasche in der Einfahrt, so klein, so zerbrechlich und in meinem schwülstigen Vokabular überirdisch schön. Ich gehe langsam auf sie zu, bleibe einen Schritt vor ihr stehen. Ein Augenblick für die Ewigkeit. Sie lächelt ihr kindliches, unnachahmliches Lächeln. Dann küßt sie mich auf beide Wangen.

»Deine Tränen schmecken salzig«, sagt sie mit ihrer hellen Stimme.

»Komm, gehen wir ins Haus – ich habe ziemlichen Hunger.«

Wir sitzen am Küchentisch, wo wir so oft mit Daniel gesessen sind. Ich habe nur Leberkäse im Haus und frische Eier von den Nachbarn, streue Berge von Schnittlauch auf die Spiegeleier. Birthe ißt mit großem Genuß, als wäre es etwas ganz Besonderes.

»Ich habe lange nicht mehr so was Gutes gegessen«, sagt sie ohne Ironie.

Ich schau sie lange an. Wir trinken Rotwein.

»Was wollen wir machen?« frage ich unsicher, »ich glaube, es wäre falsch, in diesem Haus zu bleiben ...«

»Eine Reise?« meint sie. »Wohin?«

»Marokko, würde dir das gefallen?«

Ich weiß, Birthe war mit Daniel in Venedig, in Bali und auf dem Dach der Welt. Sie war mit ihm überall, auch in Marokko. »Marokko ist gut«, sagt sie. »Alles ist gut, wenn es nur weit genug weg ist ...«

Am nächsten Nachmittag: Aix-en-Provence. Wir waren noch bei Dunkelheit losgefahren, der dichte Morgennebel begleitete uns hartnäckig. Birthe hatte sich in eine Wolldecke eingerollt und schlief auf den Rücksitzen. Als ich tanken mußte, weckte ich sie mit einem Milchkaffee und einem Croissant. Die Fahrt verlief schweigsam. Alle harmlosen Konversationen versandeten bereits in der Anfangsphase. Die Befangenheit, die sich immer stärker in unserem Auto ausbreitete, machte mich atemlos. Birthe öffnete das Handschuhfach und angelte eine Zigarettenschachtel heraus, die Daniel irgendwann hineingeschmissen hatte, nahm eine Zigarette heraus und zündete sie an. »Ich denke, du rauchst nicht«, sagte ich. »Ich habe bis heute noch nie geraucht, es schmeckt wie Stroh ...« – »Laß mich kosten«, sagte ich, nahm einige Züge, dann warf ich die Zigarette zum Seitenfenster hinaus. »Schmeckt wie Stroh, weil die Zigaretten schon ewig im Handschuhfach liegen, mit einem üblen Beigeschmack nach Parfum. Ich denke, das hilft uns nicht weiter.«

Ich griff hinüber und drückte ihre Hand, die auf der Armlehne lag. Sie war eiskalt.

»Wir haben ein Problem, und ich glaube, das haben wir beide unterschätzt. Wir lieben denselben Mann. Ich, weil er mein Bruder ist und mein bester Freund. Du, weil du seine Frau bist. Dazu kommt, daß ich auch dich liebe und du mich wahrscheinlich auch, und beide wissen wir, daß das nicht sein darf ...«

Birthes Hand zitterte, und aus den Augenwinkeln sah ich, daß sie weinte.

»Soll ich umkehren?« – »Nein«, sagte sie kopfschüttelnd, »man kann nicht immer davonrennen, der Liebe entkommt man nicht.«

In Aix ging ich in eine Bank, um einen Tausend-Franken-Schein in französische Francs zu wechseln. Ich merkte gleich, daß sie so ein Ding noch nie gesehen hatten. Die große lila Banknote ging von Hand zu Hand, wurde prüfend gegen das Licht gehalten, mit einer Lupe untersucht. Schließlich holte der Chef, er war der einzige, der keine Ärmelschoner hatte, ein dickes Buch aus einer Schublade und verglich die Banknote mit ihrem fotografischen Ebenbild, das mit einigen Detailangaben in dem Buch abgedruckt war. Er lächelte elegant, verbeugte sich sogar leicht und gab mir das Wechselgeld.

Als ich aus der Bank kam, stand Birthe neben dem Rover und rauchte eine der Strohzigaretten. Ich umarmte sie und warf die Zigarette in den Rinnstein. »Du bist schon grün im Gesicht. So sehr liebe ich dich auch wieder nicht, daß dir davon gleich schlecht werden muß ...«

»Mir ist schwindlig. Halt mich fest.« Wir standen endlos lange in dieser Umarmung. Es war wieder so ein Augenblick für die Ewigkeit, bis der Direktor aus der Bank kam und etwas verlegen sagte, er habe mir einen zu schlechten Wechselkurs für meine Schweizer Franken gegeben.

Am Abend erreichten wir die spanische Grenze. Kurz davor bogen wir in eine kurvenreiche Nebenstraße ab und hielten bei Einbruch der Dunkelheit vor einem kleinen Landhotel, das ich im Michelin-Reiseführer herausgesucht hatte. Die Familie saß beim Abendessen und begrüßte uns mit großer Herzlichkeit. Ich hatte von unterwegs angerufen und um die Reservierung von zwei Einzelzimmern gebeten.

»Wir haben für Sie gedeckt«, sagte die Patrone, »wenn Sie Hunger haben, sind Sie herzlich willkommen.«

Ich hatte überhaupt keinen Hunger, aber das Essen war so köstlich, daß ich doch einige Bissen aß. Birthe trank nur ein Glas Rotwein.

»Ich bin sehr müde«, sagte sie schließlich, »ich möchte mich zurückziehen.«

Der Hausherr kam mit zwei Schlüsseln: »Sind Sie sicher, daß es zwei Zimmer sein sollen?« fragte er etwas verlegen.

»Ja«, sagte Birthe, wie aus der Pistole geschossen, »wir sind Bruder und Schwester. Als Kinder mußten wir immer in einem Zimmer schlafen. Da haben wir uns geschworen, wenn wir groß sind, kriegt jeder sein eigenes.«

Das Zimmer war gemütlich eingerichtet, antike Möbel und ein großes französisches Bett. Ich fiel, erschöpft von der langen Reise, in einen traumlosen Tiefschlaf. Als ich mich herumdrehte, spürte ich, daß Birthe neben mir lag. Ich tastete nach ihrer Hand, sie erwiderte den leichten Druck, und so schliefen wir – wie Bruder und Schwester.

Am nächsten Nachmittag. Wir waren kurz vor Murcia. Hier hatte Daniel einmal einen Fremdenlegion-Film gedreht: MARCHA O MUERE, Marschier oder krepier. Wir waren damals mit Stewart Granger, dem Star des Films, öfter in einem sehr guten Lokal.

»Erinnerst du dich an das Rincón del Pepe?« fragte ich Birthe. »Dort werden wir heute abendessen.«

Das Gespräch war entspannt. Die Befangenheit zwischen uns hatte sich in Luft aufgelöst. Birthe erzählte davon, wie Jimmy, der Star, einen alten Regisseur an die Wand gequetscht hatte und Regie führte, als ob er einen erfahrenen amerikanischen Regie-Tycoon zu spielen hätte.

»Und wir mußten immer mit ihm zu allen möglichen Stierkampf-Corridas, wo er ein Ohr oder einen Schwanz des getöteten Stiers vom Matador überreicht bekam. Diese Matadore waren meistens blutige Anfänger und die Corridas grässliche Metzeleien. Mir wurde regelmäßig schlecht«, sagte Birthe.

Wir fuhren eine schnurgerade Landstraße entlang, der schäbige Asphalt flimmerte in der Hitze. Vor uns fuhr sehr langsam ein Minibus mit spanischem Kennzeichen. Ich drückte aufs Gas, um ihn zu überholen. In diesem Augenblick bog er, ohne Blinker, scharf nach links ab.

Ich stieg auf die Bremse, konnte aber nicht mehr verhindern, daß wir das Fahrzeug rammten und hundert Meter weiter im Straßengraben zum Stehen kamen. Unser Auto war in eine Staubwolke gehüllt. Birthe schrie: »Wir brennen!« und stürzte nach draußen. Ich hatte noch die Geistesgegenwart, den Motor abzustellen und sah beim Aussteigen, daß aus einer zerquetschten Leitung am Unterboden Benzin wie eine Fontäne herausspritzte.

Ich sah mich verzweifelt nach Birthe um. Endlich entdeckte ich sie, wie sie in der Richtung, aus der wir gekommen waren, zügig davonging. Sie hatte offenbar bei dem heftigen Aufprall die Schuhe verloren und setzte ihre nackten Füße ohne besondere Eile, aber zielstrebig auf den heißen Asphalt. Als ich sie eingeholt hatte, fragte ich atemlos: »Was machst du denn?« Sie sagte lapidar: »Ich gehe nach Kopenhagen ...«

Die Polizei kam; das übliche Prozedere. Einen Abschleppwagen, eine Grúa, hatten sie gleich mitgebracht. Mit viel Radebrechen wurde ein Protokoll angefertigt. Sie stellten fest, daß bei dem gerammten Fahrzeug die Blinker nicht funktionierten und schließlich, nachdem der Fahrer des Minibusses, ein alter schwerhöriger Mann, versichert hatte, daß er wirklich und wahrhaftig unverletzt sei, luden uns die Polizisten ein, mit ihnen in die Stadt zu fahren. Wir überholten die Grúa, die unser Auto wie einen waidwunden Vogel hinter sich herschleppte. Die Polizisten waren sehr freundlich, da sie offenbar Erfahrung hatten, und wußten, daß wir beide unter Schock standen.

Sie luden uns vor einem Hotel ab, das ziemlich vornehm aussah, gaben uns einen Zettel mit der Adresse der Werkstatt, wohin unser Auto abgeschleppt wurde; wir bedankten uns für die Hilfe und weg waren sie.

Birthe und ich betraten die Hotelhalle. Wir waren beide verdreckt, unsere Kleidung ramponiert, und ich hatte eine kleine blutverkrustete Verletzung an der Schläfe. Kein Gepäck, Birthe immer noch barfuß.

Der Empfangschef schaute verwundert, als ich fragte, ob er zwei Einzelzimmer hätte. Er schaute lange in das Buch für Reservierungen. Warf immer wieder einen Blick auf das zerlumpte Paar. Ich erzählte in meinem Küchenspanisch, daß wir einen Autounfall hatten, daß das Gepäck noch in dem beschädigten Auto sei, und als er immer noch ungläubig dreinschaute, zeigte ich ihm meine American-Express-Karte.

Seine Miene hellte sich ein wenig auf und mit einem schlitzohrigen Lächeln sagte er in fast fehlerfreiem Deutsch: »Ich habe leider nur noch eine Suite. Möchten Sie die haben, dann tragen Sie sich bitte ein.«

Die Suite war viel zu groß, viel zu elegant und viel zu teuer für zwei derartig ramponierte Typen, aber als wir Hand in Hand vor dem großen Spiegel standen, mußten wir irrsinnig lachen. Birthe stürzte sich in meine staub-

und rußverschmierten Arme und hauchte immer wieder »Danke, danke, danke ...« Ich sagte: »Wofür denn?«

»Dafür, daß du ein so ausgezeichneter Autofahrer bist und daß du mich nicht zu Fuß nach Kopenhagen hast gehen lassen.«

Ich rief in der Werkstatt an und bat, unsere Koffer mit einem Taxi in unser Hotel zu schicken. Als wir eine Dreiviertelstunde später, frisch geduscht und in unseren elegantesten Klamotten, in der Hotelhalle erschienen, verbeugte sich der Empfangschef. Ich gab ihm ein etwas übertriebenes Trinkgeld, und er verriet mir, ohne den bewundernden Blick von Birthe zu lassen, daß wir das Rincón del Pepe am besten zu Fuß über diese und jene Straße erreichen würden.

Im Restaurant angekommen, verhalf mir ein weiteres Trinkgeld zu einem schönen Zweiertisch, und wir spielten den ganzen Abend ein sehr vornehmes, vermögendes Ehepaar.

Auf dem Weg ins Hotel sagte Birthe leicht beschwipst: »Ich kann mich gar nicht erinnern, daß Murcia so schön ist. Vielleicht liegt es am Vollmond ...«

»Es liegt vielleicht auch am Vollmond, aber Murcia ist heute Abend so viel schöner als damals, weil wir zusammen sind.«

Das Auto war notdürftig repariert worden. Es sah jetzt noch häßlicher aus. Die Lenkhydraulik hatte etwas abbekommen und zwitscherte wie ein unglücklicher Vogel.

Das Fährschiff brachte uns nach Tanger. Es war eine ausrangierte dänische Fähre, und überall prangten gerahmte Bilder der dänischen Königin. »Fühlst du dich zu

Hause?« fragte ich Birthe. Sie lachte und warf der Königin eine Kußhand zu.

Die Fahrt durch Marokko dauerte unendlich lang, weil ich vorsichtshalber sehr langsam fuhr. Auf den Bäumen am Straßenrand kletterten kleine schwarze Ziegen herum. Wir fuhren wegen der Hitze mit offenen Fenstern. Die Klimaanlage war ausgefallen, und Birthe wickelte sich einen Schal um den Hals, weil ihr die Zugluft zu schaffen machte.

Endlich erreichten wir Essaouira, das früher so poetisch Mogador geheißen hatte. Als unser Auto mit einem schrillen Gezwitscher zum Stehen kam, standen Poul und Fleming in der Einfahrt und begrüßten uns ohne wirkliche Begeisterung.

Poul war Birthes Anwalt gewesen. Er litt unter Asthma und hatte sich deshalb in das afrikanische Klima begeben, wo er sich unvergleichlich besser fühlte als in Dänemark.

Wir bekamen das Gästehaus zugewiesen, das in einem kleinen Park etwas abseits vom Hauptgebäude unter riesigen Bäumen stand. Es bestand aus einem geräumigen Wohnzimmer und zwei Schlafzimmern mit einem gemeinsamen Bad.

»Wenn ihr etwas braucht, dann läutet Yussuf. Falls er nichts Wichtigeres zu tun hat, kommt er …«

Fleming servierte sehr gekonnt einen kleinen Imbiß auf der Terrasse vor dem Haupthaus. Es gab Avocados und die kleinsten Krevetten, die ich je gesehen hatte. Wenn man sie aus ihren kleinen Panzern herausgeschält hatte, sahen sie aus wie rötliche Engerlinge, waren aber zugegebenermaßen sehr wohlschmeckend. Dazu tranken wir dänisches Bier. Poul eröffnete uns, daß sie am nächsten Tag nach Marrakesch fahren mußten, weil er irgendwelche Papiere erneuern mußte. Er war Honorarkonsul Dänemarks in Marokko.

»Dann habt ihr das ganze Haus für euch. Yussuf wird für euch kochen, wenn er nicht gerade das Aggregat auseinandernehmen muß. Aber keine Angst, beim Servieren trägt er weiße Handschuhe. Er kriegt nämlich auch nach stundenlangem Schrubben die Hände nicht sauber.«

Wir machten uns zu einem kleinen Spaziergang auf. Es blies ein heftiger Wind, und wir holten die Winterpullover aus den Koffern. Birthe fror trotzdem.

Wir setzten uns in den Windschatten des Gästehauses, preßten uns aneinander und wärmten uns. Ich spürte, daß Birthes Herz schlug wie ein Maschinengewehr.

Später ging ich allein zum Haupthaus hinüber. Ich wollte Poul um die Adresse einer Werkstatt bitten, wo dem Rover ein bißchen auf die Sprünge geholfen würde. Die Terrassentür stand offen. Ich klopfte an die Glasscheibe. Als keine Antwort kam, ging ich in den großen Salon und rief nach Poul. Mein Blick wanderte in dem geschmackvoll eingerichteten Raum herum und blieb an einem Schreibsekretär hängen. Dort standen einige silbern gerahmte Fotos. Darunter eines von Daniel. Ansonsten war die Schreibplatte leer. Ich ging näher, um die Fotos zu betrachten. Dabei fiel mein Blick auf den Papierkorb, den Yussuf seit längerer Zeit nicht mehr ausgeleert hatte. Obenauf lag ein auseinandergerissenes Couvert. Ein Hitzeschwall fuhr mir durch die Glieder, als ich Daniels Handschrift auf dem Umschlag erkannte.

Ich nahm die beiden Papierstücke aus dem Papierkorb und hielt sie aneinander. Es war hundertprozentig Daniels Schrift. Auf der Rückseite kein Absender. Die Briefmarke aus Nicaragua. Als Poul ins Zimmer kam, hatte ich das Couvert schon in der Tasche. Er gab mir die Adresse einer Werkstatt, und wir tranken einen trockenen Sherry. Dann lief ich ins Gästehaus zu Birthe.

»Ich weiß, wo Daniel ist«, sagte ich atemlos und ließ mich auf das Bett fallen.

Zwei Tage später: Madrid.

Barajas, ein scheußlicher Flughafen, der wie ein Geschwür vor sich hinwuchert.

Poul und Fleming waren enttäuscht über unsere überstürzte Abreise. Beim Abschied gab mir Poul einen Brief, strich liebevoll mit der Hand über das Couvert und sagte: »Gib ihn Daniel, ich weiß, daß du zu ihm auf dem Weg bist, nimm ihn für mich in die Arme.«

Wir waren viermal umgestiegen. Birthe ging es von Zwischenstop zu Zwischenstop schlechter. Sie hatte rasende Kopfschmerzen, nahm nach jeder Zwischenlandung zwei Saridon, aber die Schmerzen wurden nicht weniger.

Wir kamen in einem heruntergekommenen Hotel in der Nähe des Flughafens unter.

Ich bestellte beim Roomservice ein leichtes Abendessen. Birthe rührte nichts an. Sie wälzte sich auf dem Bett und jammerte leise vor sich hin – obwohl jammern der falsche Ausdruck ist. Es war mehr das Wimmern eines kleinen kranken Tieres.

Sie setzte sich plötzlich auf und starrte vor sich hin. »Ich kann nicht mit dir fliegen«, sagte sie leise, »du mußt es wieder einmal allein schaffen.«

Am nächsten Tag flog sie nach Kopenhagen. Ich brachte sie bis zur Sicherheitskontrolle. Als sie das Labyrinth des Zick-Zack-Zuganges tapfer hinter sich gebracht hatte und ihren Handkoffer auf das Transportband legte, schaute sie sich noch einmal um. Sie versuchte ein

Lächeln, was ihr aber mißlang. Sie drehte sich abrupt weg, damit ich ihre Tränen nicht sehen konnte, und verschwand im Sicherheitscheck.
Vom Postamt des Flughafens rief ich Birthes Vater an, gab ihm die genaue Ankunftszeit von Birthes Flug durch und bat ihn dringend, sie von Kastrup abzuholen. »Es geht ihr schlecht, sie hat rasende Kopfschmerzen, sie muss ins Rigshospital zu einem Checkup. Bitte bring sie direkt dorthin, auch wenn sie nicht will …«

Im Reisebüro der Iberia schlage ich mich mindestens eine Stunde lang mit einer unbedarften Person herum, um einen Transatlantikflug zu bekommen. Endlich habe ich ein Oneway-Ticket für den übernächsten Tag, Madrid–Miami–Managua, erster Klasse. Ich bin noch nie erster Klasse geflogen, der Preis ist horrend, aber ich habe keine Wahl.

Der Gedanke an Birthes Zustand macht mich wahnsinnig. Ich hätte sie nicht fliegen lassen dürfen, ich hätte einen Arzt zu Hilfe rufen müssen, ich hätte, ich hätte …

Endlich erreiche ich wieder ihren Vater. Er hat sie ins Rigshospital gebracht, und er hat auch die Telefonnummer ihres Zimmers. Sofort rufe ich an. Sie spricht sehr leise und langsam. Wahrscheinlich hat man sie mit Medikamenten vollgepumpt.

»Es geht mir schon besser«, sagt sie. »Es geht mir sogar gut, wenn ich deine Stimme höre. Mach dir keine Sorgen, ich bin in guten Händen.«

»Ich hab dich sehr lieb«, sage ich, aber sie hat schon aufgelegt.

Die Reise über den Atlantik scheint mir endlos. Das dumpfe Brummen der Aggregate wirkt wie ein Schlafmittel, aber ich schrecke immer wieder hoch. Trotz der Klimaanlage bin ich schweißgebadet. Ich befreie mich hektisch aus der Nylondecke, die nach billigem Parfum stinkt.

Ich laufe durch die Maschine. Ich denke an Daniel. Werde ich ihn finden?

Ich sehe die zusammengekrümmten Passagiere der Touristenklasse, wo die Sitzreihen so eng sind, daß nicht einmal ein Zwerg die Beine ausstrecken könnte. Ich frage mich, ob sie alle Stützstrümpfe tragen, damit sie keine Thrombose kriegen. Die Maschine fällt in ein Luftloch, und die Stewardeß fordert mich unfreundlich auf, meinen Sitz einzunehmen.

Auf dem wackeligen Rückweg fällt mir ein Mann in einem hellen Leinenanzug auf. Er trägt ein kleines goldenes Kreuz am Revers. Er hat die Augen geschlossen und betet. Ich kenne ihn von irgendwoher, aber ich weiß nicht, wo ich ihn hintun soll.

Als ich meinen Sicherheitsgurt angeschnallt habe, fällt die Maschine wieder in ein magenhebendes Loch. Leb wohl, Birthe, denke ich, paß auf dich auf, vielleicht sehen wir uns nicht wieder. Ich versuche, mir den großen Crash vorzustellen. Ein Haufen Blech und Leichenteile wie im Schlachthaus, aber das Meer durchspült die Trümmer und putzt alles sauber.

Das Essen ist auch in der ersten Klasse Plastik-Food, wird auch durch den reichlich angebotenen Champagner nicht besser.

Kurz vor Miami falle ich in einen tiefen, todesähnlichen Schlaf. Ich träume, daß ich fliege, ohne Flugzeug, einfach so, wie ich mir vorstelle, daß Engel fliegen. Ich lande sanft auf den grünen Wiesen meiner Kindheit.

Miami ist nicht der Rede wert, außer wenn man Ausweiskontrollen interessant findet.

Der Mann im Leinenanzug, der mit dem Kreuz, nickt mir zu.

Auf dem Flug Miami–Managua verwandelt sich die Kabine in eine Eiskammer. Alle Proteste der Passagiere bleiben erfolglos. Schließlich sagt der Kapitän über Lautsprecher, daß er den Schaden im Moment nicht beheben kann.

Im Anflug auf den Flughafen von Managua sehe ich Sandsack-Stellungen mit Fliegerabwehrkanonen und Zwillings-MGs.

Die Soldaten tanzen und winken unserem Flugzeug zu, als ob sie Gäste zu einem Familienfest erwarten. Ich winke zurück. Ich hoffe, daß sie es sehen und sich freuen: »Hombre, da kommt ja endlich Onkel David aus Miami!«

Wenn du in Managua die Maschine verläßt, genauer gesagt, wenn du durch die geöffnete Kabinentür auf die Gangway hinaustrittst, ist es, wie wenn du den Kopf in ein heißes Backrohr steckst. Der glühende Luftschwall versengt deine Wimpern und nimmt dir den Atem. Am Fuß der Gangway angekommen, klebt dir das Hemd am Körper.

Ich muß mich am Geländer festhalten, reiße dann den Winterpullover mit beiden Händen über den Kopf.

Jemand tippt mir auf die Schulter: »Du erkennst mich nicht wieder, aber ich weiß, daß du der Bruder von Daniel Sammer bist. Du hast ihn bei mehreren Kirchentagen begleitet, wo er am *Lateinamerikatag* gepredigt hat.«

»Dann bist du Urban. Entschuldige, daß ich dich nicht gleich erkannt habe, die Hitze macht mir zu schaffen.«

Er nimmt mir den Pullover aus der Hand und stopft ihn in mein Handgepäck.

»Du kannst mit mir kommen. Ich werde abgeholt und

darf durch das sogenannte Protocolo. Das erspart eine Menge Formalitäten. Du bist mein Assistent. Das Vaterunser wirst du ja wohl können.«

»Ich bin zwar Halbjude, aber das Vaterunser kann ich sogar auf Lateinisch.«

»Dann kann ja nichts passieren«, sagt Urban lachend, während uns zwei Uniformierte in Empfang nehmen und ins Protocolo führen.

Urban wird von einer sehr schönen jungen Frau begrüßt. Er stellt mich vor, und ich verstehe, daß sie die rechte Hand des Kulturministers ist.

Sie nimmt uns die Pässe ab und übergibt sie einem uniformierten Beamten, der damit verschwindet.

Während wir sehr starken, sehr schlechten Kaffee trinken, sehe ich die junge Frau telefonieren.

Sie kommt zu uns zurück und sagt, daß sie mir im Intercontinental ein Zimmer bestellt habe.

»Sie brauchen doch eins, oder?« Ich bedanke mich überschwenglich und versuche zu erklären, daß ich die Reise unvorbereitet antreten mußte.

»Er sucht seinen Bruder«, sagt Urban und, auf die Frau aus dem Kulturministerium deutend: »Wenn irgendjemand in Nicaragua ihn finden kann, dann Luz-Marina.« Beim Abschied gibt sie mir ihre Visitenkarte und überraschenderweise einen Kuß auf jede Wange.

Mit einem Taxi, das bessere Zeiten gesehen hat, fahren Urban und ich zum Interconti. Die Stadt ist ein Trauerspiel. Armselige Barrios wechseln mit spektakulären Ruinen vom großen Erdbeben, überall Soldaten, schwer bewaffnet.

»Warum wollte Daniel unbedingt in ein Land, wo der Krieg so präsent ist? Er haßt Krieg und Gewalt, was hat er hier zu suchen?«

Urban schaut mich eine Weile an. »Er sucht sich selbst, er glaubt, daß er der Welt was schuldig ist.«

Das Taxi hat vor dem Eingang des Interconti gehalten. Urban stößt die Tür auf meiner Seite auf. »Du mußt hier raus. Ich wohne bei Freunden. Ich hoffe, daß du bei deiner Suche Erfolg hast.«

Als das Taxi ächzend in die Straße abbiegt, sehe ich, daß er den Arm aus dem Fenster reckt und mir zuwinkt, ohne sich umzusehen.

Das Zimmer ist so ungemütlich, wie Hotelzimmer nur sein können. Der Spannteppich wellig und voller Flekken. Der Spannteppich auf dem Korridor noch welliger und fleckiger. Der Lift funktioniert.

Ich fahre in die Lobby hinunter und suche die Bar. Sie befindet sich am Ende eines langen Ganges. An den Wänden ganz gute Kunst. Der Barkeeper in einer abgewetzten, aber sauberen Uniform mischt mir einen Wodka Tonic.

In der Bar sind nur Männer, außer einer aufgetakelten Blondine. Die Jacken der Herren sind in der Taillengegend ausgebeult, Revolver, nehme ich an.

Mir wird klar, daß ich mich in einer Versammlung von Geheimdienstlern befinde. Der Wodka Tonic schmeckt mir trotzdem.

Das Taxi, das mich am nächsten Morgen zum Kulturministerium fährt, ist ein Zwilling des gestrigen, allerdings mit Stoßdämpfern und frisch gewaschen.

Am Straßenrand überall Sandsack-Barrieren mit MGs, viele dreiachsige Militärfahrzeuge, überall Soldaten mit Kalaschnikows.

Der Mann, der diese Dinger konstruiert hat, muß mindestens Millionär sein, denke ich mir, aber sicher ist er »Held des Vaterlandes« und wohnt in einer Zweizimmerwohnung mit Balkon.

Wir biegen zum Kulturministerium ein, das in einer

riesigen Parkanlage untergebracht ist. »War mal Somozas Residenz«, sagt der Fahrer.

Es gibt einen Schlagbaum und ein Schilderhäuschen. Der Schlagbaum offen, das Schilderhäuschen leer. »Die Kultur ist nicht in Gefahr«, sage ich zum Fahrer. Er muß lachen.

Der Park ist verwahrlost, überall kaputte Fahrzeuge, ein schrottreifer Panzer, ein Omnibus ohne Räder. Und dazwischen adrett gekleidete, frisch gewaschene, freundliche Menschen.

Zwei Minuten, nachdem wir den Schlagbaum passiert haben, stehe ich im Büro des Ministers. Ich habe keine Bombe dabei, auch keine Kalaschnikow, nur die Visitenkarte von Luz-Marina.

Weder der Minister noch seine rechte Hand sind da. Nur ein freundlicher Assistent, der mich höflich auffordert, Platz zu nehmen.

»Die beiden sind auf einer Versammlung von Kaffeepflückern, die gerade von der Ernte zurück sind«, sagt er. »Kann ich etwas für Sie tun?«

Ich höre an seiner Aussprache, daß er aus dem Sauerland stammt, und er erklärt mir, daß er für einen Wuppertaler Verlag arbeitet und dabei ist, dem Ministerium einen Verlag einzurichten.

»Ich weiß übrigens, daß Sie hier sind. Urban hat es mir gesagt, er wohnt bei mir.« – »Dann wissen Sie auch, daß ich meinen Bruder suche, Daniel Sammer. Er ist ganz plötzlich aus einer Talkshow spurlos verschwunden. Vielleicht können Sie mir weiterhelfen?«

Der Assistent lächelt geheimnisvoll.

»Morgen fährt ein Militärkonvoi mit internationalen Journalisten nach Waslala. Ich werde dafür sorgen, daß Sie mitkönnen. Ungefährlich ist das nicht, das sage ich Ihnen lieber gleich.« Er lächelt nicht mehr.

»Und was soll ich in Waslala?« frage ich. »Das müssen

Sie selber herausfinden. Ich schicke Ihnen einen Passierschein ins Hotel. Der Konvoi startet hier am Ministerium um sechs Uhr früh.«

Managua kann sogar schön sein.

Gestern schaute ich vom Dach des Intercontinental auf die verwüstete Stadt. Ich mußte an Howard Hughes denken, der den Untergang Managuas von diesem Hotel aus miterlebt hat.

Heute sind die Straßen sonnendurchflutet. Kein Verkehr. In den Schlaglöchern, die ein nächtlicher Regen mit Wasser gefüllt hat, spiegelt sich der Himmel.

Das Brachland zwischen den bizarren Erdbebenruinen ist über weite Flächen mit Tausenden von Plastiktüten zugeschneit wie eine Winterlandschaft im Frühjahr, wenn der Schnee sich dreckig färbt. Wenn der Morgenwind in das Tütenmeer bläst, wirbeln riesige Schneeflocken auf, gleiten wie in Zeitlupe zu Boden.

Der Schlagbaum beim Kulturministerium ist heute geschlossen. Aber wenn man den Eisensplint der Verriegelung herauszieht, öffnet sich die Schranke – wegen des gewaltigen Gegengewichts – blitzartig. Ich habe das übersehen, und so versetzt mir der Schlagbaum einen gewaltigen Kinnhaken. Das wiederum freut meinen Taxichauffeur derart, daß er in ein nicht enden wollendes Gelächter ausbricht. Ich leihe ihm mein Taschentuch, damit er sich die Tränen abwischen kann, und versuche zu erklären, daß dieses Gerät auf Deutsch »Schlagbaum« heißt – auf Pidginenglisch »hitting tree«, und daß das spanische »barrera« den außergewöhnlichen Fähigkeiten dieses Gerätes keineswegs gerecht wird.

Er wird jetzt ganz ernst, weil er meine umständliche Erklärung nicht verstanden hat und weil ihn das ärgert. Wortlos fährt er mich bis vor das Haus des Ministers.

Dort stehen Leute in kleinen Grüppchen herum, offenbar Journalisten mit Kamerataschen, Videokameras und sonstigem Profigerät, diskutieren halblaut miteinander, und als unser Taxi zum Stehen kommt, löst sich aus einer der Gruppen der Assistent und hilft mir beim Aussteigen.

»Ist das alles?« fragt er, als er meine Reisetasche sieht, »mit einem längeren Aufenthalt da oben rechnen Sie offenbar nicht.« – »Naja«, sage ich, »ich kann mir ja da oben was kaufen, wenn mir zum Beispiel die Unterhosen ausgehen.«

»Da oben können Sie gar nichts kaufen«, sagt er schmunzelnd, »höchstens eine Kalaschnikow, und wie ich Sie einschätze, sind Sie daran kaum interessiert.«

Inzwischen hat sich ein dürres Männchen mit einer riesigen Umhängetasche genähert und lächelt mich an, als würden wir ein Geheimnis teilen.

»Darf ich bekannt machen«, sagt der Assistent, »das ist Herr Grothe aus Berlin. Er arbeitet für den Hörfunk der DDR.« Wir schütteln uns die Hände.

»Ich bin mit dem Pfarrer von Waslala befreundet«, sagt er, immer noch lächelnd, »er heißt Osmar Isidor Ungar, ist konvertierter Jude und überzeugter Sozialist. Er könnte sehr hilfreich sein.«

»Mit so einem sind Sie befreundet, ich dachte, bei euch sind alle Atheisten?«

»Ne, ne«, sagt er in unüberhörbarem Berlinerisch, »ick nich, ick arbeite freiberuflich nebenbei für'n Kirchenfunk in Paderborn, man muß auch an morgen denken.«

Unser Gespräch wird jäh von einem schrillen Quietschen unterbrochen. Es stammt von einem gelben Ami-Schulbus, der nach beachtlich langem Bremsweg neben dem Journalistenhaufen zum Stehen kommt.

Wir steigen relativ geordnet ein, Grothe setzt sich unaufgefordert neben mich, der Assistent winkt zum Abschied. Zum Schluß steigen fünf bewaffnete Soldaten dazu. Jeder hat ein paar Eierhandgranaten am Koppelzeug hängen, und die wohl unvermeidliche AK-47. Obwohl der Bus ziemlich hart gefedert ist, schlafe ich sofort ein und erwache erst, als Grothe mich anstupst und mir ein Butterbrot mit Marmelade hinhält. »Erdbeermarmelade aus Beelitz«, sagt er nicht ohne Stolz, »das Glas 87 Pfennige-Ost.«

Ich schaue kauend auf die sonnenverbrannte, karge Landschaft, kleine Häuser fliegen vorbei. Ich denke an Beelitz, wo ich während des Krieges zur Erntehilfe eingesetzt war, Spargelstechen im Akkord. Am Tag, nachts Fliegeralarm. Daniel war auch dabei. Er war der langsamste, weil er während des mühevollen gebückten Stechvorganges Verse in ein kleines Notizbuch schrieb. Ein Gedicht weiß ich noch, weil wir es – unserem Aufpasser zum Trotz – immer in der Mittagspause im Chor aufsagten:

Der Spargel ist lang,
das Leben ist kurz
das Leben ist nicht mal
so lang wie ein Furz.

Vor sich hindösen. Ein ruckartiges Bremsen. Aus den Augenwinkeln ein verschmiertes Ortsschild: *Sebaco.*

In langsamer Fahrt geht es über eine schmale Eisenbrücke. Blitzlichtartiges Zucken des Sonnenlichts durch die Gitterstäbe des Geländers.

Ein Demonstrationszug kommt uns entgegen – weißblaue Fahnen des Bündnisses der Opposition. Vorn in einem offenen Auto eine Frau mit ausgebreiteten Armen. Vom Straßenrand Sprechchöre. Arme Teufel in Rollstühlen, wahrscheinlich Kriegsopfer. Dann ist der Spuk vorbei, wie ein Flashback in einem Dokumentarfilm.

Grothe ist wieder eingenickt. Ich schaue aus dem Fenster. Ich denke an Birthe und Daniel. Ob ich ihn lebend wiederfinde? Die Landschaft verschwimmt vor meinen Augen. Über einen Hügel nähert sich – gegenlichtig – eine Gestalt. Es ist ein großgewachsener Mann in einer langen schwarzen Pelerine. Auf dem Kopf ein breitrandiger Hut, auch schwarz. Beim Näherkommen sehe ich, daß er barfuß ist. Er schwebt wie eine Erscheinung nahe an unserem Bus vorbei. Ich starre ihm nach, rüttle Grothe an der Schulter.

»Grothe, eben ist der Tod an uns vorübergegangen.« Er schüttelt sich schlaftrunken. »Nichts Neues in diesem Land.«

Ich bin wie erstarrt. Mein Puls rast. Ich spüre mein Herz schmerzhaft schlagen wie eine defekte Wasserpumpe.

»Gibt's in dem Kaff, wo wir hinfahren, ein Postamt? Ich muß meine Frau anrufen.« – »Ja, ja«, sagt Grothe ungnädig, weil ich ihn geweckt habe. »Ich zeig's dir, obwohl ich nicht glaube, daß du Zeit zum Telefonieren haben wirst.«

»Ist mir egal, auch wenn ich den Konvoi verpasse.«

Bis Matagalpa bin ich in höchster Aufregung.

Endlich öffnet sich ein Talkessel, in den ein buntes Häusergewirr eingebettet ist.

Zwei markante Kirchtürme ragen zwischen den Dächern empor. Schwarze Vögel, die wie ein Rosenkranz aufgereiht auf einer Telegrafenleitung hocken, fliegen kreischend auf, als unser Bus vorüberfährt. Eine kleine Musikkapelle kommt uns, falsch spielend, in die Quere. Dahinter ein Grüppchen mit einem armseligen Kindersarg.

Die meisten Geschäfte sind mit Brettern vernagelt, Scherengitter mit riesigen Vorhängeschlössern. Über der Straße ein chaotisches Durcheinander von elektrischen Leitungen. Ein Laden ist offen. Im Schaufenster nichts als ein schwarzer Hut.

»Das ist ein Borsalino«, sagt Grothe, »ich hätte ihn längst gekauft, wenn er mir nicht drei Nummern zu klein wäre.«

Ich stelle mir Grothe vor, wie er mit dem zu kleinen Hut auf dem Kopf über den Kurfürstendamm flaniert, freundlich begrüßt von den balkanesischen Hütchenspielern, die auch zu kleine Hüte aufhaben und ihn für einen Landsmann halten.

Wir biegen auf den Platz vor der Kirche ein, die sich ein lebhaftes Muster von schwarzem Schimmel zugelegt hat.

Da stehen etwa dreißig Militärfahrzeuge und drum herum ein Haufen Soldaten. Der vorderste Geländewagen hat eine Panzerplatte, die ihn wie einen altmodischen Schneepflug aussehen läßt. Eine peitschenartige Funkantenne zittert im Wind.

Grothe zeigt mir die Post, die etwa zweihunder Meter entfernt in einer der Ausfallstraßen liegt. Ich nehme vorsichtshalber meine Reisetasche mit und lege die kurze Strecke im Laufschritt zurück. CORREOS steht auf dem barackenhaften Gebäude. Darin warten zwei alte Weiber. Die Beamtin am Schalter wedelt sie mit einer herrischen Handbewegung zur Seite, als sie mich sieht. Ich begrüße sie mit einer kleinen Verbeugung und meinem schönsten Küchenspanisch.

»Geben Sie sich keine Mühe«, sagt sie fast akzentfrei, »ich war zur Ausbildung in der Rada, Ostberlin. Was möchten Sie?« Ich schreibe zwei Telefonnummern auf einen Zettel – die vom Spital und die von Birthes Vater – und reiche ihn der Dame mit meinem bezauberndsten Lächeln. »So schnell wie möglich, bitte!«

»Schnell geht bei uns gar nichts«, sagt sie, ebenso bezaubernd lächelnd, »an unserem Telefonnetz hat sich seit Sandino so gut wie nichts geändert, also haben Sie Geduld.«

Das Warten ist unerträglich.

Ich rauche eine Zigarette nach der anderen, halte die Schachtel auch der Beamtin auffordernd hin, aber sie lehnt ab.

Ich fange an zu zählen, und als ich bei 1248 bin, klingelt es, und die Frau winkt mich zur Telefonzelle, in der es stark nach Zigarettenrauch und Angstschweiß riecht. Ich nehme den Hörer von der Gabel, wische ihn mit dem Ärmel meines T-Shirts ab und höre mit einigen akustischen Störungen die Stimme von Birthes Vater.

»Birthe geht es schlecht. Sie hatte eine Gehirnblutung. Komm schnell, sie braucht dich – und ich brauch dich auch.«

Dann ist nach heftigem Knacken die Verbindung unterbrochen. Die Frau am Schalter sagt: »Es war keine gute Nachricht, das sieht man Ihnen an. Was ist mit dem zweiten Gespräch?«

Ich schüttele den Kopf. Sie kassiert einen lächerlich kleinen Betrag. Zwei Minuten später bin ich an der Kirche. Der Konvoi ist weg. Auf den Stufen, die zum Portal hinaufführen, sitzt Grothe.

»Hab mir schon gedacht, daß du zu spät kommst«, ruf er mir entgegen. »Jetzt schnell!«

Er greift sich seine Tasche und rennt in Richtung Hauptstraße. Fünf Minuten später sitzen wir auf der Ladefläche eines Pick-up und rasen in mörderischem Tempo aus der Stadt hinaus. »Wenn wir Glück haben«, keucht Grothe, »können wir den Konvoi in La Dalia einholen.«

Als wir dort ankommen, habe ich eine Menge blauer Flecken. La Dalia ist voller Soldaten, Hunde, Schweine, unzählige kleine Kindern und etliche Betrunkene. Der Konvoi ist da.

Wir klettern in den Jeep, der bis auf zwei Soldaten leer ist. Ich zeige meinen Passierschein, aber der Mann am Steuer winkt ab.

Dann – ohne Vorwarnung – geht es plötzlich los.

Die Fahrt nach Waslala wird ein Höllenritt. Die Piste, mehr Bachbett als Straße, unzählige Flußdurchfahrten, weil die Brücken gesprengt sind, Hitze, Staub.

Immer eine halbe Stunde rasendes Tempo, dann plötzlich Stop. Eine Viertelstunde Stillstand, und wieder dreißig Minuten rasende Fahrt. »Das ist wegen Bodenminen und wegen der Gefahr eines Hinterhalts durch die Contras. Emboscada nennt man das hierzulande.«

Grothe ißt ein Marmeladebrot. »Aber die Burschen haben das im Griff.« Neben der Straße Autoleichen und groteske Wracks von Baumaschinen.

In einer kleinen Ortschaft überfahren wir ein Huhn. Grothe gibt dem Fahrer zu verstehen, daß man den Besitzer entschädigen müsse. Die Soldaten lachen schallend.

In der Abenddämmerung dann endlich Waslala. Ich steige aus dem Jeep und habe das Gefühl, verprügelt worden zu sein.

»Komm«, sagt Grothe und reibt sich schmerzverzerrt den Rücken. »Wir müssen zum Pfarrer. Dort kannst du auch schlafen.«

Der Pfarrer Osmar ist klein, schüchtern und kurzsichtig. Er weist mir ein Bett an, das in einer Ecke der Nähwerkstatt steht.

»Ich kann mich heute nicht mehr um Sie kümmern. Ich hab den Bischof zu Besuch.« Er rollt die Augen, deutet einen Segen an. Dann bin ich allein und todmüde und kann nicht schlafen.

Ich renne hundertmal durch die dunkle Werkstatt, stoße mich an Nähmaschinen, zähle Schafe, lege mich auf das durchgerittene Bett, sehe Birthe leblos im Koma, sehe Daniel, von Kugeln durchsiebt, sehe die tote Amsel im Silbersarg. Agnus dei qui tollis peccata mundi dona nobis pacem.

Schließlich setze ich mich an eine der Maschinen, nehme die mitgebrachte Stablampe in den Mund und nähe eine angefangene Arbeitsschürze fertig.

Der Morgen kommt durch die kleinen Fenster und

um sechs setzen sich die Näherinnen grußlos an die Maschinen. Das monotone Geräusch der Trampelmaschinen schläfert mich ein. Ich gehe nach draußen.

Durch die offene Tür der Kirche, die aussieht wie ein Western-Fort, fällt ein Lichtschein nach draußen. Ich knie auf einer der roh gezimmerten Bänke und schlafe einen Moment. Durch ein sanftes Klopfen auf meine Schulter werde ich wach. Osmar reicht mir eine Schale mit dampfendem Kaffee.

»Können Sie reiten?« fragt er in seinem sanft-geschmeidigen Singsang.

»Nicht besonders gut, Hochwürden, beim Militär mußte ich reiten lernen. Aber das ist lange her. Für eine Dressurprüfung wird's wohl nicht reichen.«

Er lacht.

»Für unsere Bedürfnisse wird's gut genug sein. Wir haben einen langen Ritt vor uns. Vorher muß ich allerdings den Herrn Bischof verabschieden.«

Er führt mich in sein Büro, wo der Bischof wütend in Papieren blättert.

Osmar stellt mich vor: »Das ist David Sammer, der Bruder von Daniel, dem geheimnisvollen Gönner, von dem ich Ihnen erzählt habe.«

Ich unternehme den ungeschickten Versuch, dem Bischof die Hand mit Ring zu küssen, aber er zieht sie unwirsch zur Seite und sagt in breitem Texanisch: »Lassen Sie den Quatsch!«

Zu meiner Verblüffung umarmt er Osmar und stürzt zur Tür. Draußen wartet mit laufendem Motor ein amerikanischer Cherokee-Jeep. Der Chauffeur, ein junger Priester, versucht, ihm beim Einsteigen zu helfen, was er aber mit einer Handbewegung abwehrt.

Der Jeep fährt durch die Einfahrt der Parroquia davon. Das letzte was wir sehen, ist das aufgedunsene Gesicht der Eminenz, das in der Morgensonne rot aufleuchtet.

Osmar bekreuzigt sich, als der Wagen verschwindet.

Später erfahren wir, daß die Contras dem Bischof in den hochwürdigen Hintern geschossen haben, obwohl das Fahrzeug durch weiße Fahnen und gewaltige Kreuze gekennzeichnet war.

Wir zuckeln auf unseren Pferdchen durch eine unwirtliche Landschaft. Die Tiere sind mickrig und mager, und meines ist so klein, daß meine Füße beinahe den Boden berühren. Außerdem hat es die Neigung, andauernd zu stolpern.

Osmar ist ein besserer Reiter als ich. Er schaut mich von der Seite an.

»Ich werde Ihnen nichts sagen, und bitte stellen Sie mir auch keine Fragen«, sagt er. »Ihr Bruder hat mir verboten, irgendjemand zu ihm zu bringen. Einzige Ausnahme: ›David, mein Bruder, falls er nach mir suchen sollte.‹«

Wir schweigen, die Pferde dampfen in der Hitze. Wenn es steil bergauf geht, steigt Osmar ab und führt sein Pferdchen am Zügel. Ich folge seinem Beispiel. Oben angekommen fragt er mich, ob das so in Ordnung sei.

»Wenn ich den Loschek nur nicht tragen muß.«

»Wieso Loschek? Was heißt das?«

»Im Jiddischen heißt so ein Pferd Loschek. Ich weiß das, weil ich Halbjude bin.«

Wieder Schweigen.

Dann sagt er ganz leise, lächelnd: »Unser Heiland war Jude. Er ist der Sohn Gottes. Also ist Gott Jude, obwohl das manchen Kirchenmännern sicher gar nicht so recht ist.«

Nach zwei Stunden wickle ich mir ein Tuch um den Hals, das ich in einem Bach mit Wasser getränkt habe. Osmar schaut fragend.

»Ich habe Sonnenbrand im Nacken.«

Nach vier Stunden Ritt brennt mein Hintern wie Feuer, und ich bin froh, wenn es steil bergauf geht.

Nach sechs Stunden Ritt erreichen wir einen kleinen Talkessel, in dem ein paar Häuser verstreut sind, Stallungen, ein kleiner See, ein etwas größeres Haus mit einem Kreuz.

»Das ist ein Ort, wo die Leute sich zum Gebet versammeln«, sagt Osmar. »Keine Kirche.«

Er steigt ab und gibt eine Art Käuzchenschrei von sich.

Aus den Häusern kommen Menschen und winken. Kinder stürzen sich mit ausgebreiteten Armen auf Osmar. Er umarmt sie, küßt sie, und es gibt ein Riesengeschrei und Gelächter. Osmar nimmt mir das Pferd ab.

»Ich kümmere mich um die Loscheks«, sagt er lächelnd und zeigt auf eine Hütte etwas oberhalb der anderen Gebäude am Hang.

In diesem Augenblick kommt eine Gestalt in weißem Gewand durch die Tür, hinter ihr ein Rudel Hunde. Er steht da, hoch aufgerichtet wie eine Statue, und schaut zu uns herüber.

Ich fange an zu laufen. Als ich den Grund des Talkessels erreiche, sind die Hunde bei mir, bellen und springen an mir hoch. Ich stürze den Hang hinauf und stehe keuchend vor meinem Bruder.

Er lächelt sein verschmitztes Lächeln, breitet die Arme aus.

»Ich habe dich gefunden«, sage ich und kann die Tränen nicht zurückhalten. Wir umarmen uns, wie wir das tausendmal getan haben, und er klopft beruhigend meinen Rücken, wie er das auch immer getan hat.

»Ich habe es nicht anders erwartet«, sagt er, immer noch lächelnd. Eine Träne läuft ihm die Wange hinunter. Er wischt sie schnell weg, und die Hunde umstürmen uns, laut bellend und winselnd, weil sie unsere Umarmung für etwas Gefährliches halten.

»Komm in mein Haus«, sagt Daniel. Er packt mich bei den Schultern. Plötzlich wird sein Griff eisern.

In der Ferne rattert ein Maschinengewehr.

Das Haus ist spartanisch eingerichtet: ein Tisch, ein Stuhl, eine Petroleumlampe. Eine Feuerstelle mit ein paar Töpfen, im Schlafraum nichts als eine breite Hängematte und in einer Ecke ein großes Lager aus Wolldecken.

»Ist das für mich?« frage ich Daniel. »Nein«, sagte er, »das ist für meine Hunde, wenn sie es nicht vorziehen, draußen herumzustrolchen.«

Ich setze mich auf das Hundelager und vergrabe den Kopf in beiden Händen. Dann sehe ich zu Daniel hoch, der erwartungsvoll vor mir steht.

»Weißt du eigentlich, was du uns mit deiner Flucht angetan hast?«

Daniel lächelt.

»Wenn du nur gekommen bist, um mir Vorwürfe zu machen, dann reitest du am besten gleich wieder zurück, falls es dein Hintern zuläßt.«

Ich schaue ihn lange an.

Dann kommt mir ein Satz über die Lippen, den ich ihm lieber erspart hätte: »Birthe geht es schlecht. Sie hatte eine Gehirnblutung.«

Aus Daniels Kehle dringt ein qualvolles Röcheln. Er stützt sich auf meine Schulter und setzt sich neben mich.

Schweigen, wie das bei Horvath heißt, keine Pause, sondern Schweigen, lange.

Daniel: »Sie hat sich immer Kinder gewünscht. Wir dachten, sie kann keine bekommen. Dann wurde sie schwanger. Ein befreundeter Gynäkologe nähte den Muttermund zu, damit sie das Kind nicht verliert. Sie hat es trotzdem verloren. – Von diesem Tag an war sie nicht mehr meine Birthe.«

Ich kann mich nicht bremsen: »Sie war nie deine Birthe. Du hast sie immer behandelt wie ein schönes Anhängsel, wie eine prachtvolle, schillernde Feder, mit der du dich schmücken kannst. Du hast nie begriffen, daß sie eine starke, eigene Persönlichkeit ist, voller Phantasie, voller Ideen, mit einem Kopf voller skurriler Geschichten. Du hast sie nie ermutigt, dieses ›Zeug‹, wie du gesagt hast, aufzuschreiben. Sie konnte diese wundervollen Montgolfieren ihrer Phantasie niemals fliegen lassen.«

»Ich liebe sie immer noch«, sagt Daniel mit kaum hörbarer Stimme, »sie ist ein so einmaliger Mensch. Die Liebe, zu der ich fähig bin, hat nicht ausgereicht. Ich hab sie nicht verdient.«

»Nein, das hast du nicht. Du bist ein zu großer Egoist, um wirklich lieben zu können. Deine Gefühle sind durch die ewige Lügerei in deinem Beruf zu Staub zerbröselt.«

In diesem Augenblick ertönt ein Glocke, worauf die Hunde wie wild zu bellen anfangen.

Wir stehen gemeinsam auf, wobei nicht klar wird, wer sich an wem hochrangelt.

Daniel greift nach meinen beiden Händen. »Wir setzen das Gespräch morgen fort«, sagt er. »Jetzt müssen wir hinunter zu den Leuten. Ich glaube, Osmar hat dir zu Ehren ein kleines Fest vorbereitet.«

»Eins mußt du wissen«, sage ich, während wir in den Abend heraustreten, »sie liebt dich immer noch abgöttisch ...«

»Hör auf«, meint Daniel, »laß uns den aufrechten Gang gehen. Die Leute erwarten das. Die haben ganz andere Probleme.«

Der Talkessel ist durch Fackeln erleuchtet, von überall strömen Menschen zu einer langen, weißgedeckten Tafel auf dem Talgrund. Der wehmütige Sound einer spanischen Gitarre klingt uns entgegen und dann eine Stimme, zart und fast weiblich, der von Chet Baker nicht unähnlich. Sie singt: Just friends, lovers no more ...

Daniel bleibt abrupt stehen.

»Verdammt noch mal«, zischt er, »das ist Drei-Groschen-Dramaturgie!«

»Du bist ein undankbares Arschloch«, sage ich im Weitergehen, »nimm dich jetzt zusammen.«

Der Platz am Kopfende des Tisches wird mir zugewiesen. Zu meiner Seite sitzen Osmar und Daniel und dann, in bunter Reihe, alle Dorfleute, einige davon in der Uniform der Miliz, und am Ende ein langer Katzentisch mit sämtlichen Kindern.

»Liebe Freunde«, sagt Daniel im Aufstehen, »ich begrüße euch alle und danke euch, daß ihr gekommen seid, um mit mir den Besuch meines Bruders zu feiern. Eine kleine Bitte hab ich an die Companeros von der Miliz: Keine Waffen bei Tisch, ausnahmsweise. Könntet ihr eure AKs vielleicht irgendwo ablegen?«

Die Milizionäre stehen widerwillig auf und setzen ihre Kalaschnikows in Pyramiden zusammen.

»Wenn der Heiland bei uns am Tisch sitzt, werden uns die Contras bestimmt nicht angreifen«, sagt Daniel laut, »sie halten sich ja für Gotteskrieger, haben sogar die Papstkrone auf ihren Mützen.«

»Hoffentlich weiß das unser lieber Johannes Paul nicht, sonst würde er in 62 Sprachen unverständlich vor sich hinmurmeln, daß ihm das gar nicht recht ist.«

Alle lachen, nur Osmar droht mir spaßig mit dem Finger und flüstert: »Denk an seine Eminenz, den Herrn Bischof.«

Osmar steht auf. »Alles soll sein wie beim Letzten Abendmahl. Wir haben in der Mitte der Tafel einen Platz für Jesus unsern Herrn freigehalten. Lieber Herr, sei unser Gast, segne, was du uns bescheret hast, und bereite uns heute Abend die Freude deiner Gesellschaft. Amen.«

In der Mitte des Tisches ist tatsächlich ein leerer Platz, besonders festlich gedeckt, mit Blumen umrahmt.

Osmar beugt sich zu mir. »Falls du es nicht bemerkt hast, das Tischtuch ist nicht aus Damast, sondern aus weißem Papier; ich hoffe, du fühlst dich trotzdem wohl.«

Ich drücke seine Hand.

Daniel ist tief in Gedanken versunken, oder vielleicht betet er, ich weiß es nicht.

Ich flüstere ihm zu: »Das ist besser als alle deine Filme.«

»Ja«, antwortet er, »deswegen bin ich ja hier.«
Jetzt werden in irdenen Schüsseln alle möglichen Speisen aufgetragen, Fleisch, Reis, Bohnen und herrliche Früchte.

»Sie haben deinetwegen eine Kuh geschlachtet, nicht nur zu deiner Ehre, sondern weil sie endlich mal wieder Fleisch essen wollten.« Osmar grinst.

»Das ist mir sehr unangenehm«, sage ich wahrheitsgemäß.

»Muß es nicht, sie war schon sehr alt, gab keine Milch mehr und genoß so eine Art Gnadenbrot. Hast du gute Zähne? Du mußt so tun, als ob das Fleisch ganz zart ist.«

Damit steht er auf und spielt auf der Gitarre »Bei mir bist du scheen«, und alle klatschen im Takt mit.

Die Stimmung wird immer ausgelassener, ein paar Männer zaubern zwei Geigen hervor, zwei diatonische Ziehharmonikas und Blockflöten. Diese seltsame Zusammensetzung erzeugt eine Musik, die zwar nicht besonders schön, dafür aber sehr laut ist.

Flaschen gehen von Hand zu Hand, und jeder nimmt einen kräftigen Schluck, auch die Frauen, bis auf eine, die unzweifelhaft schwanger ist.

»Was issn das?« frage ich Daniel.

»Flor de Cana, ein Rum, der hierzulande gebraut wird; darfst ruhig kosten.«

Ich nehme einen Schluck. Es schmeckt ausgezeichnet. Ich sage: »Der Tag geht, und Flor de Cana kommt ...«

»Sei nicht so banal! Das ist ein ganz hervorragendes Getränk und hat deinen Spott nicht verdient. Wer genug davon trinkt, wird hundertprozentig impotent.«

Junge Mädchen fangen an, auf dem kreisförmig gestampften Lehmboden zu tanzen. Tänzer gesellen sich dazu.

Ich sage zu Daniel: »So habe ich mir den Krieg immer vorgestellt.«

Er schielt zu den Kalaschnikows.

»Die Musik ist laut, und du hörst nicht besonders gut, sonst wäre dir das Maschinengewehrfeuer nicht entgangen.«

Eine ältere Frau, die mir schon die ganze Zeit durch ihre wachen Augen aufgefallen ist, erhebt sich und klopft mit einem Löffel an eine der inzwischen geleerten Rumflaschen.

Die schräge Musikkapelle spielt einen Tusch, und alle schauen erwartungsvoll auf die Frau. In dem Moment, als sie zu ihrer Rede ansetzt, ertönt in der Ferne unüberhörbar eine dumpfe Detonation.

Die Milizionäre rennen zu ihren Waffen, und einer schreit: »Licht aus!«

Während die Fackeln gelöscht werden, ertönt ein zweiter dumpfer Schlag mit Nachhall.

»Das ist in den Bergen an der Grenze«, sagt Daniel, »einigermaßen weit weg.«

Jetzt sitzen alle verängstigt im Dunkeln, nur Daniels weißes Gewand leuchtet im Mondlicht und das Papiertischtuch.

»Sollen wir die Kinder in die Erdbunker bringen?« fragt die verhinderte Rednerin. Aber Daniel winkt ab, und die Frauen fangen an, das Geschirr abzuräumen.

»Atención«, murmelt der Kapo der Milizionäre, »keine Panik, aber alles ganz leise!«

Die Stimmung nach diesem wunderbaren, ausgelassenen, »heiligen« Fest ist beklommen.

Ich nehme Daniel zur Seite. »Du, der du nichts mehr haßt als Krieg und Gewalt, was hast du hier zu suchen?«

»Ich wollte diesen Leuten helfen. Es war wie ein Zwang. Dabei ist es schon allein meine Anwesenheit, die sie in Gefahr bringt. Menschliche Schutzschilde! Ich habe nie was Dämlicheres gehört.«

Ich setze mich neben ihn. Er legt mir den Arm um die Schulter. Lange sitzen wir so mit geschlossenen Augen.

»Das mit Birthe geht mir nicht aus dem Kopf«, Daniel klingt heiser und trostlos. »Meinst du, daß man nach einer Gehirnblutung wieder ganz gesund werden kann?«

»Was weiß denn ich«, sagte ich etwas zu laut. »Ich bin ja kein Arzt. Wenn das Blut rechtzeitig abgesaugt wird, hat man vielleicht eine Chance. Wenn keine Hirnzellen geschädigt sind.«

»Und wenn ja?«

Pause.

»Pflegefall, fürchte ich. Rollstuhl, wenn nicht Schlimmeres.«

»Was könnte denn noch schlimmer sein als Rollstuhl?«

»Wir wollen's uns gar nicht vorstellen, sie muß gesund werden, Birthe muß gesund werden.«

Daniel: »Du liebst sie, nicht? Ich glaube, du hast sie immer geliebt.«

»Ja, ich liebe sie wirklich. Aber ich habe eure Ehe immer respektiert.«

Pause.

»Ein Jahr nach meinem Verschwinden könnt ihr mich für tot erklären lassen, das ist juristisch einwandfrei. Dann, nach einer angemessenen Frist, kannst du sie heiraten. Versprich's mir. Ich bleibe für immer hier. Ich weiß das.«

Die Hand auf meiner Schulter zittert.

Während dieses Gesprächs sind dunkle Gestalten in den Talgrund heruntergekommen und haben die abgeräumte Tafel umstellt. Sie tragen Tarnanzüge, Kampfstiefel, Helme, moderne Waffen.

»Ejercito«, flüstert Daniel, »reguläres Militär.«

Ein junger Bursche kommt an den Tisch, nicht älter als zwanzig.

»Ich bin der Chef dieser Einheit, Segundo teniente Aviléz«, sagt er halblaut.

»Ich muß Sie warnen. Es ist äußerste Vorsicht geboten. Ein zweihundert Mann starker Verband der Contras befindet sich in der Nähe. Wir wissen nicht, was sie vorhaben.«

»Dieses Dorf ist schon einmal von den Contras dem Erdboden gleichgemacht worden«, sagt Daniel im Aufstehen.

»Ich weiß«, sagt der Segundo teniente, »deswegen sind wir ja hier. Gehen Sie jetzt schlafen. Wir passen auf. Morgen um nullachthundert findet eine Beratung statt.«

Die Männer ziehen sich in die Dunkelheit zurück. Die Festgäste gehen lautlos in ihre Häuser. Daniel befestigt eine zweite Hängematte in seinem Schlafraum, aber ich lege mich auf das Lager zu den Hunden. Ein kleiner Kerl mit struppigem Fell kommt zu mir. Rücken an Rücken schlafen wir ein. Er zuckt heftig. Seine Träume sind offenbar genauso grauslich wie meine.

Der nächste Morgen kommt traurig und kalt. Die Hundemeute macht ihre Morgenrunde. Nur der kleine struppige ist bei mir geblieben und leckt mir die Hand. »Waschen kann ich mich schon allein«, sage ich und will seinen Kopf streicheln. Er zieht ihn blitzschnell weg und läuft aus dem Haus. Ich wasche mir das Gesicht in einer Blechschüssel. »Kann man diesem Wasser trauen?« frage ich Daniel, der schon aus dem Dorf zurückkommt.

»Mhm«, brummt er. »Wir haben eine Wasserleitung gebaut. Es ist ein bißchen trüb, aber stell dir einfach vor, das sind Mineralien.«

Er zieht einen Pullover an. »Hier ist einer für dich.« Er wirft mir einen khakifarbenen Militärpullover zu.

Etwas später kommt die verhinderte Rednerin von gestern und bringt uns zwei Schalen mit dampfendem Kaffee. »Dallmayr prodomo ist es gerade nicht, aber sterben wirst du schon nicht dran. Wenn du fertig bist, machen wir einen kleinen Ausflug. Ich hab mit dem Teniente gesprochen. Er hat nichts dagegen.«

Nach einem kurzen Marsch haben wir den oberen Rand des Talkessels erreicht. Aus dem Wald mit gewaltigen Urwaldriesen schlägt uns ein dumpfes Gebell entgegen, wie das von stark erkälteten Hunden.

»Brüllaffen«, sagt Daniel. »Wie geht's deinem Hintern?«

»Hab schon mehr gelacht«, antworte ich mühsam, »brennt wie Cayennepfeffer oder diese kleinen Chilischoten, aber die steckt man sich ja nicht in den Arsch.«

Daniel hat heute einen Overall an (schwarz, im Gegensatz zu seiner Soutane). Er sieht meinen prüfenden Blick, und während er einen Rucksack auspackt, sagt er: »Ich bin ein Schwarz-Weiß-Mensch. Hat mit meinen frühen Filmen zu tun. Ist nicht so verlogen wie Farbfilm.«

Er bringt zwei Decken zum Vorschein und eine der filzummantelten Feldflaschen, wie sie schon zu unserer Militärzeit üblich waren. In etwa hundertfünfzig Meter Entfernung von der Baumgrenze liegen ein paar gefällte Urwaldriesen, dicke Stämme mit grauer, glatter Rinde, die den Dorfbewohnern als Feuerholz dienen. Eine Zugsäge und mehrere Macheten liegen herum.

»Mach's dir doch bequem«, sagt Daniel mit einer einladenden Handbewegung.

Ich nehme eine der Decken und setze mich rittlings auf den Baumstamm, auf dem Daniel schon sitzt. Es tut verdammt weh. Ich hebe das rechte Bein, wie ein geübter Reiter, wenn er vom Pferd steigt. Daniel schnalzt anerkennend mit der Zunge.

Er reicht mir die Feldflasche, und ich nehme einen kräftigen Schluck.

»Was ist denn da drin?« frage ich, nachdem ich heftig gehustet habe.

»Flor de cana mit Wasser, das Leib- und Magengetränk aller nicaraguanischen Haudegen. Sogar der Kulturminister trinkt das gern.«

Ich schaue in die Ferne, wo sich die Bergketten hintereinanderreihen wie die Kulissen in einem schönen, altmodischen Theater.

Daniel kramt eine Zigarettenpackung, ganz weiß, aus der Tasche, reißt das Silberpapier auf und hält mir die Packung vor die Nase. Ich nehme eine der filterlosen Zigaretten und zünde sie an.

»Gibst du mir kein Feuer?« fragt Daniel, eine Zigarette zwischen den Lippen.

»Ich denke, du rauchst nicht. Wann hast du dir diesen Blödsinn angewöhnt?«

»Nach meiner Flucht, wie du es gestern genannt hast. Ich brauchte ein Beruhigungsmittel.«

»Eins, an dem du dich festhalten konntest?«

»So ungefähr. Als ich dann hierher kam, hab ich damit aufgehört. Aber jetzt brauch ich's wieder.«

»Es wird ja nicht so schlimm wie eine Beichte, obwohl ich dir verspreche, daß ich das Beichtgeheimnis bewahren werde.«

Er wirft die Decke auf den Boden und kniet darauf nieder.

»Hör auf mit dem Quatsch. Das hier ist eine Beichte mit mildernden Umständen. Man darf dabei sitzen.«

»Ich bin froh, daß unser Gespräch nicht so düster anfängt«, brummt er, ohne zu lächeln.

»Wieso bist du abgehauen? Was war mit dir los? Wie hast du es angestellt, keine Spuren zu hinterlassen?«

Er nimmt einen tiefen Zug aus seiner Zigarette, die Glut leuchtet einen Fingerbreit auf:

»Ich hatte alles von langer Hand vorbereitet. Ich war hier schon x-mal, ohne daß es irgendjemand wußte, du nicht, Birthe nicht, kein Mensch. Ich transferierte eine sehr große Summe von meinem Schweizer Nummernkonto auf ein Konto bei einer Bank in Panama, lautend auf Osmar Isidor Ungar.

Dann habe ich die Leute hier überredet, in ihr zerstörtes Dorf zurückzukehren. Wir haben alles wieder aufgebaut, eine Wasserleitung gelegt. Osmar fuhr jedesmal, wenn wir Geld brauchten, nach Panama und hinterlegte die mitgebrachten Dollars bei der Banco Rural, einer bäuerlichen Genossenschaftsbank, in einem Schließfach. In die hiesige Kriegswährung wurden nur die Beträge umgetauscht, die wir unbedingt brauchten. So konnten wir die rasende Inflation überlisten. Ich habe Saatgut gekauft, damit die Leute etwas anbauen konnten, und tausend Kakaopflanzen vorfinanziert, mit denen jetzt sämtliche Hänge des Kessels vollgepflanzt sind. Der Ertrag wird – allerdings erst in drei Jahren – den Dörflern ein Einkommen garantieren, das sie ohne große Sorgen leben läßt. Osmar, der ein erstaunlich guter Geschäftsmann ist, hat sogar einen Vertrag mit einer liebenswürdigen Dame zustande gebracht, die in Deutschland quadratische Schokotafeln herstellt und in drei Jahren die gesamte Kakaoernte zu einem Superpreis abnimmt.

Ich unterrichte die Kinder, so gut ich kann. Wir haben ein kleines Heim für die huérfanos de la guerra, die Kriegswaisen, gebaut; ich habe meine Hunde, ich bin hier glücklich. Kein Mensch kümmert sich darum, ob ich berühmt oder ein entflohener Sträfling bin. Sie halten mich für verrückt oder im schlimmsten Fall für einen Heiligen. Osmar weiß, daß das nicht stimmt, weil ich bei ihm beichten gehe. Er ist meine rechte Hand, mein Abfalleimer, meine Erleuchtung im Dunkel. Ohne ihn wäre ich nichts. Ich habe hier gefunden, was ich ein Leben lang gesucht habe: die Wahrhaftigkeit. Hier muß ich keine Gefühle zusammenlügen, keine Liebe heucheln und keinen Haß simulieren. Ich muß auf keine Art von Applaus warten oder in einer Zeitung lesen, was ich für ein arroganter Schnösel bin. Ich habe mich in den Jahren meiner Talkshow Sammer Time vor jeder Sendung erbrochen, aus Nervosität, Lampenfieber und aus Ekel vor den Weisheiten und Lobhudeleien meiner Gäste. Einer von ihnen, ein berühmter Hofberichterstatter und begeisterter Jäger, schrie mich an, du erinnerst dich sicher daran: Lassen Sie doch Ihr saudummes Geschwätz, als ich den alten Heuss zitierte, der die Jagd als eine besondere Art von Geisteskrankheit bezeichnete.

Die meisten Gäste hatten keinerlei Lücken in ihrer Unbildung und nicht die Spur einer Hemmung, wenn sie meinten, sich in Szene setzen zu müssen.

Und als der Ekel anfing, mir die Kehle zuzuschnüren, sagte ich mir, jetzt ist der Augenblick gekommen, wo ich mein saudummes Geschwätz wirklich lasse. Da bin ich aufgestanden und gegangen.

Unser Vater ist schuld, glaube ich, er hat uns die Begriffe Anstand und Respekt eingehaucht und die unbedingte Verpflichtung, die Würde unseres Gegenübers zu respektieren.

Wenn man so konstruiert ist, hat man im Fernsehen nichts zu suchen. In einer Unterhaltungshow schon gar nicht. Politiker erklären, daß sie nur dem Wohl des Volkes verpflichtet sind, und kassieren riesige Nebeneinnahmen, ohne dafür einen Finger zu rühren. Schauspieler erklären wissenschaftlich genau die Geheimnisse ihrer Genialität, Wissenschaftler verkünden Thesen, die kein Mensch auf die Schnelle nachprüfen kann. Modeonkels erzählen, ohne rot zu werden, daß sie mit der Natur im Einklang sind. Impotente Zeitgenossen erläutern ausführlich, daß sie keinerlei Orgasmusprobleme haben, und leicht ramponierte Schönheiten behaupten steif und fest, daß diese oder jene Creme sie täglich jünger macht, obwohl man sich unschwer vom Gegenteil überzeugen kann.

Im Theater beweist Herr Regisseur Zapfbier, ein gutbezahlter Besserwisser, daß er bedeutender ist als Shakespeare. Ein anderer will, daß ich mich endlich auf sein Niveau begebe und meine Rolle dilettantischer spiele.

Luis Trenker, ein berühmter Bergfilmregisseur, der auch sein eigener Hauptdarsteller ist, sagt auf die Frage, wie ein guter Film zustande kommt: 30.000 m Landschaft, 10.000 m Köpf' von mir, fertig ist der Film.

Weißt du, ich kann mein Handwerk ganz gut. Und mehr als ein Handwerk ist es ja nicht, aber wen interessiert das schon? Journalisten von den Regenbogenblättern schon überhaupt nicht. Wenn du denen sagst, ich habe an der Burg den Lear gespielt, hättest du genauso gut sagen können, ich habe in St. Pölten den siebenten Zwerg gegeben.

Nein, nein.

Und machst du etwas, von dem du meinst, daß es wirklich und ehrlich gut war, dann ruft dich eine Verehrerin aus Luzern an und sagt: ›S'isch herzig gsi!‹

Nein, ich habe gar nicht gewußt, daß man so satt sein kann.

Und dann noch der Reigen von Paradiesvögeln, die du fast jeden Tag um dich hast, und die sich, um beim Wort zu bleiben, bereitwillig von dir vögeln lassen ...«

Jetzt muß ich seine Suada unterbrechen. »Ich habe immer mit Erstaunen beobachtet, daß du unglaublich schüchtern bist. Einer von deinen Paradiesvögeln hat mir – unter dem Siegel strengster Verschwiegenheit, aber so laut, daß alle es hören konnten – erzählt, du wärst der lausigste Liebhaber, den sie je hatte.«

Daniel nimmt einen langen Zug aus der Feldflasche.

»Die hat wahrscheinlich recht. Ich bin schon bei der kleinsten Berührung sexuell auf hundert, aber wenn's dann dazu kommt, hab ich eigentlich keine Lust mehr. Einmal hab ich das einer gesagt. Sie brüllt beleidigt: ›du schwule Sau, fürchtest dich wohl vor meinen Titten?‹

›Nein‹, hab ich gesagt, ›ich fürchte mich vor dem Aufwachen neben dir.‹«

»Ich hätte nie gedacht, daß du derartig verbittert bist. Eins versteh ich nicht. Du hast so viele Jahre in diesem Beruf gearbeitet. Du hattest Niederlagen, aber auch große Erfolge. Hat's dir denn nie Spaß gemacht?«

»Das ist nicht so leicht zu beantworten. Das Äußerliche in diesem Gewerbe war mir immer ein Greuel. Aber beim Theater gab es Momente absoluten Glückes. Du stehst in der Gasse, wie wir das nennen, wartest auf deinen Auftritt. Du kriegst ein Zeichen. Und dann gehst du hinaus in den leeren Raum, in ein neues, unbekanntes Leben, und alles fällt von dir ab, was dich je bedroht und bedrückt hat. Du bist in einer Welt grenzenloser Freiheit. Aber danach gehst du wieder in der realen Welt nach Hause. Das Spiel ist vorbei.«

»Dann hast du dein Leben eigentlich verspielt ...«

»In dem mobilen Soldatenkino in Waslala lief vor ein paar Tagen ein Film: VERSPIELTES LEBEN, UNA VIDA JUGUETÒN. Ganz guter Titel, aber ein fürchterlicher Schmachtfetzen.«

»Also, was ist?« Ich bin ärgerlich. »Lieg ich so falsch mit dem verspielten Leben?«

»Ich werde dir was sagen: Mein Leben hat gerade erst begonnen. Ich bringe Kindern bei, wie man einen Vogel zeichnet oder einen Baum oder die Mutter. Ich zeige ihnen, wie man Flamenco tanzt, weil ich das in Sevilla gelernt habe, ich singe Lieder mit ihnen, in denen es um Liebe geht und Zärtlichkeit, auch die Liebe zu Gott.

Ich bin nicht verbittert, da irrst du dich. Ich bin ein anderer geworden, einer, den du nicht kennst. Ich bin ein neuer Mensch. Natürlich nicht der, von dem in den Revolutionsfibeln gefaselt wird oder in den Büchern der Befreiungstheologie. Gott hat mir ein neues Leben geschenkt, und das meine ich so, wie ich es sage.

Vielleicht klingt das arrogant, aber ich sage es voller Demut. Ich bin diesen Menschen hier unendlich dankbar. Vielleicht habe ich meine gesamte Liebesfähigkeit für diese krummen und schiefen Gestalten aufbewahrt.«

Daniel schweigt erschöpft.

Ich lege meine Hand an seinen Hinterkopf, packe die Nackenhaare und schüttle seinen Kopf sanft hin und her.

»Ich kann dir die Absolution nicht erteilen, weil ich kein Priester bin. Aber ich, David Salomon Sammer, spreche dich, Daniel Sammer, frei von allen Sünden und erkläre dich zum héroe de la sinceridad, schlecht übersetzt: Herold der Wahrhaftigkeit.

Und jetzt brauch ich dringend was zu essen und ein Bad in eurem Ententümpel. Laß uns ins Dorf hinuntergehen.«

Daniel, aufbrechend: »Ich werde Padre Osmar petzen, daß du mir die Beichte abgenommen hast.«

Der Talkessel schmort unter einer gnadenlosen Nachmittagssonne. Kein Windhauch. Die Schwüle eines Gewitters liegt in der Luft. Trotzdem arbeiten die Dörfler an den Kakaostauden, Männer und Frauen. Osmar fegt die Stufen vor dem Bethaus. Einige Männer schalen das Betonfundament aus, auf dem die neue Schule entstehen soll. Die Hunde dösen im Schatten; ein paar Schweine suhlen sich im Entenpfuhl. Ein Bild vollkommenen Friedens.

Wir treten in die Kühle von Daniels Haus. Ich reiße mir das verschwitzte T-Shirt vom Leib, entledige mich der schweren Schuhe. Daniel klappt das Oberteil seines Overalls nach unten. Es sieht aus, als ob er einen Frauenrock anhätte.

Ein lauter Knall, bösartig und ohrenzerfetzend, der die Gräser und die Herzen erzittern läßt. Danach das rasend schnelle Knattern eines Maschinengewehrs. Schrille Schreie von draußen: Die Contras!

Daniel reißt ein Gerät von der Wand, das ich schon gestern bemerkt habe, aber nicht identifizieren konnte. Er stürzt nach draußen und betätigt wie von Sinnen die Kurbel des Apparats. Der klagende Ton der Handsirene wirkt wie ein Startsignal. Die Frauen rennen mit den

Kindern zu den Erdbunkern. Die Männer gehen in Gräben in Stellung, die ich nicht bemerkt habe, weil sie mit Palmblättern getarnt waren.

Die Soldaten des ejército feuern aus zwei Maschinengewehren auf unsichtbare Angreifer. Dumpfe Einschläge, von Handgranaten, wie ich vermute.

»Komm schnell!« schreit Daniel. »Wir müssen die Waisenkinder in Sicherheit bringen.«

Barfuß und mit nackten Oberkörpern rennen wir, zwei lächerliche Figuren, durch das immer rasender werdende Inferno. Eine Granate explodiert in dem kleinen See, läßt eine Fontäne aufsteigen. Die Schweine ergreifen die Flucht.

Wir haben laufend, robbend, durch Gebüsch kriechend, die Hütte der Waisenkinder erreicht. Die Frau mit den wachen Augen kommt uns entgegen, ein kleines Mädchen an der Hand.

»Ich habe alle in die Erdlöcher gebracht, bringt euch in Sicherheit!«

Wir durchsuchen trotzdem das längliche Gebäude. In einer Ecke kauern zwei Kinder, vor Angst paralysiert.

Wir tragen sie huckepack zum nahegelegenen Erdbunker. Frauenhände nehmen sie in Empfang.

»Zu dem Fundament«, schreit Daniel atemlos, »das gibt uns die beste Deckung.«

Wir hasten durch ein Gelände, das viele Steine, Dornen und Stacheln, aber kaum Schutz bietet. Mein Oberkörper und die Arme sind mit winzigen Steinen gespickt, meine Füße bluten. Als ich das Gefühl habe, daß mir gleich die Lunge platzt, erreichen wir das Fundament.

Im Schutz des Betonvierecks, das ungefähr einen halben Meter hoch ist, liegt Osmar mit seinem Besen.

»Duckt euch!« ruft er. »Sonst pusten sie euch den Hintern weg.«

Allmählich hört der stechende Schmerz in der Brust auf, das Keuchen wird schwächer. Mit dem wiederkehrenden Atem kommt eine große Ruhe über mich.

»Zwerchfellatmung«, sagt Daniel und klopft mir den Rücken. »Braver Hund, guter Hund.«

Eine ganze Zeit lang liegen wir schweigend. Das Gefecht ist in dem mit Büschen und Felsbrocken durchschnittenen Gelände nicht mit bloßem Auge erfaßbar, nur akustisch.

»Der Krieg ist der Vater aller Dinge«, sage ich zu Daniel, »so was kann nur einer behaupten, der diese Scheiße nie erlebt hat.«

Wir liegen Schulter an Schulter. Ich sehe, daß auch Daniels Arme und sein Rücken mit Steinchen gespickt sind.

»Hast du Angst?« frage ich.

»Nicht die Spur. Überhaupt nicht. Als ob ich das Ganze nur beobachte, als ob es mich gar nichts angeht.«

»Die Hennen scheint's wirklich nichts anzugehen«, sage ich grinsend. Ein Pulk Hühner hat sich uns genähert, der Hahn jagt hinter einer Henne her und besteigt sie.

»Ich sag dir, was hier los ist: Leute, die nichts haben, schießen auf andere Leute, die auch nichts haben, nur weil irgendwer in Washington oder Managua ihnen das befohlen hat«, sagt Daniel bitter. »Ich stehe jetzt auf und sage den Leuten: Hört auf mit dem Quatsch!«

Ich ziehe ihn wieder zu Boden. »Das läßt du gefälligst bleiben.«

Ein lauter, krachender Einschlag, ganz in der Nähe. Ich höre auf einmal alles wie aus weiter Ferne, wie im Flugzeug, wenn die Maschine in Turbulenzen gerät und tausend Meter in ein Luftloch absackt.

Ich drehe mich nach Osmar um. Ich sehe an seinen Lippen, daß er betet.

Hin und her rennende Gestalten in der Ferne. Schreie. Ein Mann fällt getroffen zu Boden.

»Es wird bald dunkel«, sagt Daniel in mein Ohr, »die Nacht kommt hier sehr schnell, dann sind wir gerettet.«

»Und was ist, wenn sie das Dorf erobern?«

»Dann werden sie alles abschlachten. Die halbwüchsigen Burschen nehmen sie mit. Die werden zu ›Freiheitskämpfern‹ gemacht, ob sie wollen oder nicht.«

»Woher weißt du das?«

»Osmar hat es mir erzählt. Er kriegt die Berichte vom Kommandanten in Waslala, muß ja die Toten anständig begraben.«

Ich schlucke ein paar Mal heftig, und die Blockade in den Ohren ist auf einmal weg.

»Ich möchte nur wissen, was ich hier zu suchen habe ...« Ich sage das so leise, daß Daniel es nicht hören kann.

Plötzlich spannen sich Daniels Muskeln, er geht auf die Knie, deutet nach vorn. Ein paar Meter vor uns rennt ein kleiner Junge mir erhobenen Händen durchs Gelände, stolpert, fällt, rennt weiter, offenbar in totaler Panik.

»Das ist Miguel, eins von den Waisenkindern. Er ist taub.«

Daniel springt auf, rennt auf den Jungen zu, nimmt ihn auf den Arm, kommt im Zickzack auf mich zugelaufen. Er ist nur noch ein paar Meter entfernt, verharrt plötzlich in seinem rasenden Lauf – es sieht aus wie eines dieser Standbilder im Fernsehen, ein »Stehkader«.

Dann fällt er relativ langsam nach hinten, das Kind immer noch fest in seinen Armen.

Osmar und ich rennen los. Osmar nimmt das Kind bei der Hand, ich packe Daniel unter beiden Armen und schleife ihn zurück zu unserem schützenden Fundament.

»Was ist?« schreie ich. »Bist du verletzt?«

Daniel ist aschfahl, er versucht etwas zu sagen. Es entsteht ein gurgelndes Geräusch, aus seinem Mund strömt Blut.

»Schnell, Osmar, er ist verletzt, wir müssen ihn verbinden.«

Der Padre kommt herangekrochen. Er kauert sich zu dem stöhnenden Daniel. Er nimmt ein Kreuz aus dem Ausschnitt seines Hemdes, hält es nahe vor Daniels Gesicht, der greift danach, drückt es an seine Brust, umkrampft es mit den Händen, als wollte er sich daran festklammern.

»Ego te absolvo de peccatis tuis«, höre ich Osmar beten, laut und gepreßt, wie unter Schmerzen.

Daniel läßt das Kreuz los, greift nach meiner Hand. Seine Augen sind geschlossen.

»Paß auf meine Birthe auf«, flüstert er, sein Kopf sinkt zur Seite.

Daniel ist tot.

Wie es mein Bruder vorausgesagt hatte, kam die Dunkelheit schnell, schneller, als sich das ein Mitteleuropäer vorstellen kann.

Langsam verebbte das Gefecht, letzte Detonationen, das Einzelfeuer verkleckerte, dann war endlich Stille. Die Stille des Todes.

Osmar und ich trugen Daniels Leichnam in das Bethaus. Weitere Tote wurden herbeigetragen, ein Soldat, drei Milizionäre und die Frau mit den ehemals wachen Augen.

Alle wurden auf einem Podest abgelegt, vor einem länglichen Tisch, einer Art Altar. Frauen kamen mit Decken und breiteten sie behutsam über die Toten, so, daß die meist entstellten Gesichter frei blieben.

Osmar entzündete ein Ewiges Licht, und alle gingen leise hinaus.

Ich blieb lange neben Daniel sitzen, unfähig, etwas anderes zu empfinden als Trauer. Ich hielt seine Hand, die allmählich kalt zu werden begann.

»Du lieber, dummer Kerl. Was hattest du nur hier zu suchen? Ich hab dich geliebt und hab's dir viel zu wenig gezeigt.«

Ich ging langsam aus diesem unheiligen Gotteshaus in die Nacht hinaus. In der Tür drehte ich mich noch einmal um. Im schwachen Schein des Ewigen Lichts sah ich den taubstummen Jungen in einer der hinteren Bänke sitzen und beten.

Nach einer schlaflosen Nacht ging ich ins Dorf hinunter. Die Zerstörungen, die der Angriff verursacht hatte, waren relativ gering. Manche der Holzhütten hatten ausgefranste Löcher durch die Geschosse von Granatwerfern. Die Dörfler waren dabei, sie mit Brettern zuzunageln.

Neben dem Bethaus wurde eine längliche Grube ausgehoben. Osmar stand daneben. Als er mich kommen sah, kam er mir entgegen.

»Sie kriegen ein Gemeinschaftsgrab, sie haben zusammen gekämpft, sind zusammen gestorben, und ihre Seelen werden gemeinsam auf die lange Reise gehen.«

»Daniel hat nicht gekämpft, das ist nicht wahr.«

»Oh ja«, sagte Osmar, »auf seine Weise schon.«

Wir schauten den Männern zu. Das Grab war fast fertig.

»Willst du deinen Bruder mit nach Hause nehmen?« Ich schüttelte den Kopf: »Nein, er war hier zu Hause, hier soll er auch bleiben. Seine Molekularteilchen werden den Weg nach Europa schon finden, wenn er das möchte.«

»Gut«, sagte Osmar, »ich glaube, du hast recht. Entschuldige mich jetzt. Ich muß das Begräbnis vorbereiten.« Am Nachmittag, genau zur Stunde, als das Gefecht begonnen hatte, versammelten wir uns alle an dem Grab.

Die vier Toten des Dorfes und der Soldat wurden auf

Bahren herbeigetragen und in Decken gewickelt in die Grube gelegt.

Es verging eine Weile, dann öffnete sich die Tür des Bethauses. Heraus trat der taubstumme Junge, und hinter ihm kamen vier Männer mit einer rohen Holzkiste. Sie war mit Stanniolpapier ausgeschlagen, und darin lag Daniel in seinem schwarzen Overall, die Hände gefaltet, die Augen geschlossen.

Herr im Himmel, dachte ich, das ist der Amselsarg aus dem Garten unserer Kindheit.

Als die Männer den toten Daniel langsam und etwas unbeholfen in die Grube senkten, spielte Osmar auf seiner Gitarre: »Just friends ... the story ends ... and we're just friends.«

Just friends, life is no more, just friends,
but not like before.
We screamed and laughed and cried
and suddenly you died –
the story ends and we stay friends.

Als die Männer den Sarg zugedeckt hatten und aus der Grube kletterten, reichte mir Osmar die Gitarre.

Alle Dörfler knieten nieder. Osmar stand aufrecht und betete mit seiner hohen Stimme, wie es mir vorkam, einer Kinderstimme:

»Agnus Dei qui tollis peccata mundi dona nobis pacem.«

Die Kinder des Dorfes und die Waisenkinder traten an die offene Grube und streuten aus Körben weiße Blüten auf die Toten.

Ich sah niemanden weinen, nur harte traurige Gesichter.

Ich spürte, wie eine kleine Hand meine rechte Hand packte. Der taubstumme Junge schaute zu mir hoch. Wir waren die einzigen, die weinten.

Der Rückweg nach Waslala schien endlos. Meist liefen die Pferde hintereinander, wenn es der Weg zuließ, nebeneinander.

Wir ritten schweigend.

In meinem Kopf war die Melodie und Osmars Stimme: »Life is no more.« Sie kehrte immer wieder wie eine Endlosschleife. Ich konnte sie nicht loswerden.

An einem Bach machten wir Halt, damit die Pferde sich satt trinken konnten. Ich schaute ins Wasser und sah mein Spiegelbild, von der Strömung und kreisförmigen Wirbeln belebt, unscharf, klar, unscharf.

Daniels Augen starrten mich an, schreckgeweitet und mit der nächsten Welle ruhig lächelnd.

Wie aus weiter Ferne hörte ich Osmars Stimme: »Wenn du Jude bist, dann muß Daniel auch Jude gewesen sein.«

Ich lehnte mich an die Flanke des mageren Pferdes. »Das ist eine lange Geschichte. Wir sind Zwillinge und doch keine leiblichen Brüder. Daniels Mutter gebar Zwillinge. Einer starb bei der Geburt im Haus der Barmherzigen Schwestern. Ein paar Betten weiter wurde in der gleichen Sekunde ein Knabe geboren. Das war ich, ein Bankert, Vater ungewiß.

Die Frau, die mich geboren hatte, war vollkommen mittellos, der Bigotterie ihrer ländlichen Umwelt ausgesetzt. Sie gab ihr Kind zur Adoption frei. Es brach ihr das Herz, denn sie wußte sehr wohl, wer der Vater war: ein reisender Geschäftsmann aus Genua, mosaischen Glaubens. So wuchsen Daniel und ich als Zwillinge auf, als Söhne eines Generals.

Wenn es herausgekommen wäre, hätten die Nazis unsere Familie vernichtet. Sie hatten dafür zwei Worte: Rassenschande und Sippenhaft. Ein Halbjude wie ich, besonders hassenswert, weil durch Rassenschande entstanden.«

»Wie hat dein Vater unter solchen Umständen den Krieg überlebt?« fragte Osmar mit großen Augen.

»Er hat ihn nicht überlebt, sie haben ihn umgebracht.«

Wir ritten wieder schweigend weiter. Das Lied kehrte qualvoll in meinen Kopf zurück.

»Weißt du, was mir am meisten fehlen wird, Osmar? Seine Stimme. Der Klang seiner Stimme hat mir immer Kraft gegeben und eine große Gelassenheit, wie eine Wunderdroge. Ich werde sie nie mehr hören.«

Osmar hielt unsere Pferde an, indem er in meinen Zügel griff.

»Du wirst sie hören«, sagte er mit einem Lächeln. »Du wirst sie hören, wenn wir in Waslala sind. Das verspreche ich dir.«

Der klotzige Kirchturm tauchte in der Ferne auf, die armseligen, häßlichen Häuschen von Waslala. Die Pferde gingen ganz langsam, waren genauso müde wie wir.

Als wir in den Pfarrhof einritten, stand dort das Auto des Bischofs mit den weißen Fähnchen.

»Er wird dich nach Managua mitnehmen, ich habe ihn per Funk darum gebeten«, sagte Osmar mit einem verschmitzten Lächeln. »Manchmal kann auch ein Bischof für was gut sein.«

In diesem Augenblick – es war die »Stunde des Engels des Herrn« – begann eine Glocke zu läuten, leise und melodisch. Ich horchte auf. Ein seltsames Gefühl durchfuhr meine Seele.

»Das ist die Stimme deines Bruders«, sagte Osmar, während er zum Glockenturm hinaufblinzelte. »Er hat sie in deiner Heimatstadt bei einem berühmten Glockengießer anfertigen lassen, beim Grassmayer. Sie trägt die Aufschrift: La voz de la esperanza, Stimme der Hoffnung. Sie wird so lange läuten, wie ich sie vor dem Zugriff des Militärs retten kann. Dann werden sie sie einschmelzen und zu Führungsringen für Granaten verarbeiten. Und diese Granaten werden mit dem Geist deines Bruders überall dorthin fliegen, wo gerade keiner ist.«

Nach drei Tagen ohne Schlaf kam ich mit einem gewaltigen Jetlag in Kastrup an, dem Flughafen von Kopenhagen. Ich bezog ein Mansardenzimmer in einem Hotel in Nyhavn und fuhr, ohne auszupacken, zum Rigshospital.

Birthe lag bewegungslos in einem Gitterbett. Schläuche kamen aus Nase und Mund, ihr Gesicht war grau und fleckig und um Jahre gealtert.

Man hatte sie aus der Intensivstation in einen Sondertrakt verlegt, und sie war bis jetzt nicht aus dem künstlichen Koma erwacht.

Ich beugte mich über sie. Ihre Augen waren halb geöffnet. Ich sagte ohne Stimme, nur die Lippen bewegend: »Daniel ist tot. Er hat mir aufgetragen, daß ich auf dich aufpasse.«

Später besorgte ich mir in einem Schreibwarengeschäft eine elektrische Schreibmaschine. Es war ein Modell mit Typenrad. Ich probierte sie in meinem Hotelzimmer aus und merkte sofort, daß ich mit den dänischen Typen nicht zurechtkam. Also kaufte ich mir in der Schreibwarenabteilung des *Magazin du nord* ein deutsches Typenrad.

Während der nächsten zehn Tage besuchte ich täglich zweimal die leblose Birthe, und ins Hotel zurückgekehrt, tippte ich das Tagebuch ab. Dann nahm ich das Manuskript und trug es zur Post. Ich schickte es per Fax an den Verlag in Bern, was mich ein kleines Vermögen kostete.

In der folgenden Nacht rief mich der diensthabende Arzt an: »Ihre Frau ist aufgewacht, Herr Sammer«, sagte er. »Sie können mit ihr reden.«

Birthe lag in ihrem Bett, von dem man die Gitter entfernt hatte. Sie hatte die Augen geöffnet. Ein Mundwinkel hing kraftlos nach unten. Ihre Hände zitterten. Ein bißchen Farbe war in ihr Gesicht zurückgekehrt. Ich nahm ihre Hände und beugte mich über sie.

»Kannst du mich hören?« fragte ich leise. Sie nickte und versuchte ein Lächeln.

»Ich werde immer für dich da sein«, sagte ich sehr leise. Sie richtete sich in den Kissen auf: »Das ist ja eine fürchterliche Drohung«, sagte sie klar und deutlich. Und da wußte ich, sie wird wieder, sie wird gesund werden, ganz gesund.

Der Arzt erklärte mir, das wichtigste sei jetzt Geduld. Man werde sie in eine Rehaklinik nach Jütland verlegen, »die sind dort auf derartige Fälle spezialisiert. Die Funktion der zerstörten Hirnzellen wird von anderen Zellen übernommen, wenn wir Glück haben. Dann kann sie wieder viele Dinge bewältigen, die man ihr jetzt nicht zutrauen würde.«

»Wird sie ganz gesund?« fragte ich vorsichtig.

»Das liegt bei Gott«, sagte er lapidar.

»Glauben Sie an ihn, Doktor?«

»Nein«, sagte er und ging.

Ich bat den Chefarzt um ein Gespräch. Es fand im Beisein mehrerer Ärzte statt. Sie erklärten mir, daß ich im Augenblick nichts für die Patientin tun könne.

»Fahren Sie ruhig nach Hause. Wir halten Sie auf dem laufenden.«

Als ich ins Hotel zurückkam, war ein kurzes Fax des Verlegers da: Ich muß mit Ihnen über das Manuskript reden. Das geht nicht auf diesem Wege, auch nicht per Telefon. Also kommen Sie, wenn Sie Zeit haben. Es hat keine Eile, schrieb er.

Ich rief meinen Freund Felix in Zürich an. Er betrieb einen Autohandel mit Secondhandcars.

»Ich vermute, du hast gerade wieder phänomenale Geschäfte gemacht, oder?«

Ich hörte ihn schallend lachen.

»Ich brauche ein neues Auto, meines ist in Marokko stehengeblieben.«

»Neue Autos hab ich nicht, und wie ich dich kenne, suchst du was Billiges, weil du mal wieder kein Geld hast.«

»Du solltest Hellseher werden«, sagte ich.

In Zürich-Kloten, Terminal B, holte er mich ab, führte mich zu einem roten Ferrari, der so niedrig war, daß man nur als Solotänzer des Bolschoi-Balletts elegant einsteigen konnte, zeigte mir ein Foto seiner neuen Braut, redete ohne Punkt und Komma, bis wir auf einem geschotterten Areal ankamen, wo ziemlich viele Autos herumstanden. Er half mir beim Aussteigen. Ich schaute die lange Reihe verschiedenster Fahrzeuge entlang, die im Unterschied zu Straßenmädchen Preisschilder zwischen den Zähnen hatten.

»Hast du ihnen Arsen gegeben, daß sie so glänzen?« fragte ich Felix.

»Nein«, lachte er, »das ist die Sonne. Und bitte verwechsle mich nicht mit einem Pferdehändler.«

Wir einigten uns schnell auf einen Jeep-Cherokee, weil er am billigsten war und mir trotzdem sehr gut gefiel.

»Der braucht sicher jede Menge Benzin«, sagte ich und streichelte über den makellosen Lack.

»Naja, ein Schluckspecht ist er schon, deswegen will ihn ja auch keiner haben.«

Kleine Pause.

»Ich geb dir Freundschaftsrabatt, wenn du mir versprichst, daß du ihn sauber entsorgst.«

Am nächsten Tag in Bern.

Ich parke den alten Benzinfresser in einer Tiefgarage, wasche mir auf dem Klo Gesicht und Hände, lasse das kalte Wasser eine ganze Weile über meinen Nacken laufen. Mein Hemdkragen hat jetzt einen häßlichen dunklen Rand.

Draußen scheint die Sonne.

Ich schaue auf die Uhr. Es bleiben mir noch zehn Minuten.

Eine Polizistin regelt auf originelle Weise den Verkehr. Für mich sieht es aus wie Modern Dancing in Uniform. Als sich ein Omnibus hoffnungslos mit mehreren Personenwagen verkeilt, ergreift sie eine Handtasche, die sie in ihrem Arbeitspodest versteckt gehabt hat, rückt die Dienstmütze zurecht und geht mittagessen.

Ich nehme in einem Bistro im Stehen einen Grappa. In diesem Moment fangen die Glocken an zu läuten. Ich werfe Geld auf den Schanktisch, gehe durch ein schmales Gäßchen zu einem Buchladen. Eine Metalltür führt zu einem Lift. Als ich oben ankomme, klebt mir das Hemd bereits am Hosenbund.

Ich nenne der Sekretärin meinen Namen.

»Sind Sie angemeldet?« fragt sie. Ich nicke; sie führt ein kurzes Telefonat, während ich herumhängende Grafik betrachte.

Dann ist Herr L. da. Er kommt mit ausgestreckten Händen sehr freundlich auf mich zu, zeigt auf eine Wendeltreppe und geht mir voran. Im Hinaufklettern sehe ich seine großen, schwarzen Schuhe, die er nicht zugeschnürt hat, und graue Wollsocken. Die Wendeltreppe ist so eng, daß sein Hosenboden bei jeder Krümmung an dem eisernen Geländer entlangschurrt und ich denke, Orson Welles wäre da nie raufgekommen, aber was hätte der auch da droben zu suchen gehabt?

Schließlich landen wir in seinem winzigen Büro. Es ist voller Papier.

Ich lege das Manuskript, dessen Kopie er per Fax erhalten hat, unter meinen Stuhl und versuche, zum Fenster hinauszuschauen, was mir aber nicht gelingt, weil das Fenster zu weit oben ist.

Es entsteht eine erwartungsvolle Stille, die nur durch das Geblätter in dem vor ihm liegenden Exemplar unterbrochen wird.

Und dann folgt eines jener Gespräche, die sich im Kreis drehen und deren Ausgang nach wenigen Sätzen feststeht: Durch den häufigen Umgang mit Leuten, die partout kein Geld hergeben wollen, habe ich eine fast hellseherische Gabe entwickelt, und weiß daher sehr schnell, daß er das Buch nicht machen will.

Um es kurz zu machen, es gefällt ihm ganz einfach nicht. Er redet von überarbeiten, umstellen, verlängern, verkürzen.

Er meint, vieles an der Geschichte sei ungereimt, überzeichnet, zu sehr aus dem Bauch heraus geschrieben, bar jeder Vernunft.

Ich sage: »Das Leben ist halt aus der Sicht des Autors unvernünftig, folgt keinen verquasten, literarischen Erwartungen und ist in hohem Grade ungereimt. Ein schönes Gedicht in freundlichen Hexametern ist es ganz bestimmt nicht.«

Er lächelt besserwisserisch: »Sie brauchen nicht zu glauben, daß ich das nicht weiß.«

Pause.

»Der Leser von heute erwartet von so einem Buch Frauengeschichten, Intimitäten, Sensationen, und die kommen ganz einfach nicht vor.«

»Ich kenne den Leser von heute nicht so gut wie Sie«, sage ich mit aller mir zur Verfügung stehender Arroganz. »Es gibt Bereiche, die für mich tabu sind. Und erotische Pikanterien sind mir ein Greuel.«

»Weil Sie prüde sind«, sagt er lapidar »– und genau das ist unser Problem.«

Ich versuche erneut, zum Fenster hinauszuschauen, und wieder mißlingt es, weil das Fenster noch immer zu weit oben ist.

»Ich glaube nicht, daß wir ein Problem haben«, höre ich mich sagen. »Kein Mensch zwingt Sie, mein Buch zu veröffentlichen. Und ich gebe Ihnen vollkommen recht: Es gibt Autoren, die auflagebewußter schreiben können. Ich kann das nicht.«

Pause.

»Ich habe mich trotzdem gefreut, Sie persönlich kennenzulernen. Vielleicht liegt es nur daran, daß wir uns etwas anderes von Ihnen erwartet haben. Mehr Realitätsbezug, mehr Fakten, mehr Analyse und Einblick in die Schaltstellen des heutigen Medienbetriebes. Ein Enthüllungsbuch.«

»Davon habe ich keine Ahnung«, sage ich, den inzwischen dritten Cognac stilwidrig hinunterkippend. »Es tut mir leid, wenn ich Ihre Erwartungen enttäuscht habe, aber ein unrealistischer Mensch werde ich wohl bleiben.«

»Ich werde mich immer freuen, etwas Neues von Ihnen zu lesen«, sagt er im Aufstehen.

Während ich mich die Treppe hinunterschraube, denke ich an meinen Deutschlehrer, der mir einmal unter einen Aufsatz schrieb: Jüngling, so greift man nach den Sternen. Den hätte ich jetzt als Korrektiv gebraucht, aber er ist längst tot. Die Russen haben ihn erschlagen.

Am Fuß der Treppe angekommen, wird mir leicht schwindlig, und ich höre die Sekretärin fragen, ob ich ein Glas Wasser möchte.

»Nein, danke, es geht schon. Ich habe eure klaustrophobische Treppe unterschätzt.«

Während ich auf den Lift warte, fällt mir auf, daß ich das Manuskript oben vergessen habe. »Es liegt unter meinem Stuhl, Fräulein, Sie können es vernichten. Es ist nur eine Fotokopie.«

Endlich bin ich im Lift.

»Und jetzt?« sage ich in den Spiegel, der die Decke des Fahrstuhls einnimmt. Ein graues, schmales Gesicht mit vor Schreck aufgerissenen Augen starrt mich an. Es sieht frappierend einem Kinderfoto von Daniel ähnlich, auf dem er verzweifelt in den Himmel schaut, während am oberen Bildrand ein Luftballon entschwindet.

»Warum hast du auch verlangt, daß ich ein Buch über uns beide schreiben, dich sozusagen vermarkten soll? Eine gräßliche Vorstellung, wie Kain seinen Bruder Abel tötet, indem er ihn vermarktet.«

Jetzt hallen meine Schritte auf dem spiegelglatten Zementboden der Tiefgarage. Ich lasse mich in den alten Jeep fallen, presse meine Stirn gegen das Lenkrad, bleibe so eine ganze Weile sitzen. Ich habe keine Ahnung, was ich jetzt machen soll.

Dann jage ich den alten Büffel über die Autobahn. Linke Fahrspur – Vollgas. Es kommt mir irrsinnig schnell vor, und ich habe Todesangst. Hinter mir blinkt einer. Ist der wahnsinnig? Ich schaue auf den Tacho, ich fahre kaum achtzig.

Jetzt müßte mich jemand in den Arm nehmen, am liebsten Birthe. Aber die ist zweitausend Kilometer von hier – war sie immer – zweitausend Kilometer von mir entfernt.

Rechts kommt eine Raststätte.

Ich bin unendlich müde, ich fahre auf den Parkplatz, stelle den Motor ab. Ich suche Zigaretten – leere Packungen.

Die Verkäuferin in der Tankstelle gibt mir zwei Päckchen Zigaretten, gelb, quadratisch. »Parisienne Carreé«, sagt sie, »sehr gesund, ungeleimt.«

Als ich die österreichische Grenze erreiche, habe ich die Zigaretten fast aufgeraucht. Es wird Abend. Der Zöllner winkt mich durch.

Durch das offene Fenster höre ich ihn sagen: »Dem sei Auto stinkt wie a Bahnhofswartesaal …«

Die Windschutzscheibe ist mit Insektenleichen übersät. Der Scheibenwischer macht daraus einen schmierigen Ölfilm.

Die Luft ist wie Blei.

In der Ferne donnert es.

Dann erreiche ich die Gewitterfront. Wassermassen stürzen vom Himmel, verwandeln die Landschaft in eine dampfende Hölle.

Ich fahre an den Straßenrand, warte, bis das Prasseln schwächer wird, steige aus und lasse den Regen auf mein Gesicht strömen. Nach Sekunden bin ich bis auf die Haut durchnäßt.

Aber es geht mir besser.

Die Beklemmung der letzten Stunden löst sich, der »schwarze Vogel«, der auf meinen Schultern saß, tonnenschwer, ist davongeflogen.

Ich ziehe ein trockenes Hemd an, starte den Motor, schalte die Scheinwerfer ein. Der Scheibenwischer putzt meine Frontscheibe blitzblank. An der nächsten Tankstelle wird mir klar, daß ich fast kein Bargeld mehr habe.

Ich reiche dem Tankwart Daniels Kreditkarte, die ich seit seinem Verschwinden immer bei mir trage.

Er schaut mich mit einem verschmitzten Lächeln an: »Unverkennbar«, sagt er. »Haben's a Autogramm dabei?«

»Leider nein«, sage ich, »aber Sie haben ja jetzt eins auf der Quittung.«

»Des is guat«, sagt er, »des is guat, des bring i meiner Frau.«

Schnell stecke ich die Kreditkarte in die Brusttasche meines Hemdes, reiche ihm die Hand.

»Sein Sie nit verschwunden?« fragt er irritiert.

»Naja. Jetzt bin ich wieder da.«

Als ich auf die Straße einbiege, winkt er mir nach.

Ich habe mir vorgenommen, noch eine Stunde zu fahren und auf einer Alm zu übernachten, wo ich oft mit Daniel war.

Auf der geschotterten Zufahrtsstraße muß ich mehrere Viehgatter öffnen und wieder schließen. In das Brummen des Motors mischt sich ab und an sanftes Glokkengebimmel.

Dann erreiche ich die Alm.

Ich stelle den Wagen auf die Wiese, die als Parkplatz dient, Schnauze schon bergab, damit ich morgen im ersten Tageslicht aufbrechen kann.

Als ich aussteige, höre ich Stimmengewirr, grölende Männerstimmen, durchmischt von schrillem Frauengelächter.

Dann wird es still, und es ist nur eine monotone Männerstimme zu hören, ein Rede offenbar.

Ich beschließe, im Auto zu übernachten. Schulterklopfende Fröhlichkeit wäre das letzte, was ich jetzt ertragen könnte.

Ich öffne das Schiebedach, klappe den Beifahrersitz nach hinten, hole eine Decke aus dem Kofferraum, höre noch kurz den Singsang der Rede und bin nach wenigen Augenblicken eingeschlafen.

Noch im Halbschlaf, noch mit geschlossenen Augen, höre ich sie singen, militant, martialisch grölend: »Es zittern die morschen Knochen.«

Ich bin mit einem Schlag hellwach.

Durch das Schiebedach scheint mir der Mond ins Gesicht wie ein Scheinwerfer.

Ich klappe die Lehne hoch, werfe die Decke auf die Rücksitze, öffne die Beifahrertür und schließe sie, so lautlos es geht.

Ich laufe zu dem kleinen Fischweiher, wo der Hüttenwirt seine Forellen züchtet. Ich knie am Rand nieder und tauche den Kopf in das eiskalte Wasser, sehe im Niederbeugen, wie die Forellen wie silberne Blitze auseinanderstieben.

Als ich mich aufrichte, bin ich von dunklen Gestalten umringt.

»Schau, schau«, sagt der größte von ihnen, wobei ich einen Goldzahn blitzen sehe, »spioniert der da herum …«

»Nein«, sage ich, »ich habe geschlafen. Eure Lieder haben mich geweckt.«

»G'fallens dir?« fragt er aggressiv.

»Nein«, antworte ich genervt, »ich bin nur dankbar, daß ihr mir das Horst-Wessel-Lied erspart habt …«

Eine Faust landet an meinem Kinn. Ich bin einen Augenblick benommen. Sie reißen meine Arme nach hinten, spucken mir ins Gesicht.

Jetzt sind andere dazugekommen. Johlend schlagen sie mich zusammen. Als ich schon liege, treten sie mit den Springerstiefeln nach. Sie brechen Latten aus dem Zaun, der den Weiher umgibt, und prügeln wie von Sinnen auf mich ein.

Ich spüre, wie mir das Blut aus der Nase rinnt. Ich werde bewußtlos.

Als ich wieder zu mir komme, schleifen sie mich über das Gras zu meinem Auto. Ich sehe aus fast zugeschwollenen Augen, wie einer die Automatik auf Leerlauf stellt und die Handbremse löst. Sie werfen mich in den Wagen, schieben johlend an. Das Fahrzeug beginnt zu rollen, wird rasch schneller. Ich versuche den Motor zu starten, die Automatik auf Drive zu stellen. Es gelingt nicht. Das schwere Auto wird auf der steil abschüssigen Straße rasend schnell, zieht nach rechts, die Lenkung gehorcht mir nicht.

Ich komme von der Schotterstraße ab, pralle gegen einen Felsen, das Auto überschlägt sich seitlich.

Vorn ist die tiefe Schlucht, ich muß raus, dort geht's vielleicht dreißig Meter senkrecht in den Abgrund – ich kriege die Tür nicht auf. Ein Ast zerschmettert die Windschutzscheibe. Der Wagen wird im rechten Winkel herumgeschleudert. Bei dieser ruckartigen Bewegung springt die Tür auf, und ich lasse mich herausfallen, schlage mit dem Kopf an einen Felsen.

»Das war's dann«, denke ich.

Dunkel.

Langsam komme ich zu mir. Zuerst höre ich meinen Atem, dann ein stereotypes Piepsen, ein vielfältiges elektronisches Summen.

Ich versuche die Augen zu öffnen. Es geht nur links. Dort, wo das rechte Auge sitzt, ist Schmerz und Dunkelheit.

Verschwommen sehe ich meinen linken Arm in einem Gipsverband, versuche mit der rechten Hand das Auge zu ertasten, mit dem ich nicht sehen kann. Der rechte Arm ist festgeschnallt. Aus einer Plastikflasche tropft eine farblose Flüssigkeit durch ein durchsichtiges Röhrchen zu meinem Handgelenk.

Mein linkes Bein ist in einem Streckverband hochgehievt. Aus dem Gips schauen die Zehen hervor.

Mein einäugiger Blick geht weiter nach oben zu einer Glasscheibe, hinter der ich eine Frau sitzen sehe. Unsere drei Augen treffen sich. Es ist Johanna, Daniels Wirtschafterin und so was wie eine zweite Mutter. Sie lächelt, hebt scheu mit großer Zärtlichkeit die rechte Hand.

Als ich nach einer weiteren Ewigkeit wieder aus meiner Umnachtung auftauche, sitzt die Johanna immer noch da, hat sich in eine Decke gewickelt und schläft.

Eine weiße Gestalt beugt sich über mich, schaut freundlich in mein Auge und sagt leise:

»Langsam, langsam. Wir haben viel Zeit, Daniel Sammer. Wir sind gerade erst neu auf die Welt gekommen.«

Mein gesundes Auge schaut sie lange an, ohne zu blinzeln. Warum gebraucht sie den Pluralis Majestatis? Warum sagt sie Daniel zu mir?

Ich frage: »Wo sind wir?«

»Auf der Intensivstation«, antwortet sie.

»Haben wir einen Spiegel?«

Sie lächelt nachsichtig. »Ich weiß nicht, ob ich Ihnen das zumuten kann«, sagt sie, verschwindet kurz aus meinem Blickfeld, hält mir dann einen Handspiegel vors Gesicht.

Mein Spiegelbild sieht aus wie einer der vermummten Köpfe von Gottfried Helnwein. Nur das linke Auge, blutunterlaufen, und der Mund sind frei. Alles andere in einem voluminösen Verband.

»Keine Sorge«, sagt sie, »das rechte Auge können wir wahrscheinlich retten. Das Nasenbein ist gebrochen. Diverse Schnittwunden wurden genäht. Elle und Speiche links sind unkompliziert gebrochen. Das Bein im Streckverband: ein Spiralbruch. Dreifache Rippenfraktur. Deshalb haben Sie die Schmerzen in der Brust.«

Sie schüttelt den Kopf. »Daß Sie am Leben sind, Herr Daniel, ist ein Wunder. Wenn Sie der Jäger nicht im Morgengrauen neben der Straße gefunden hätte, wären Sie schon unterwegs.«

»Was ist mit dem Auto?«

»Ist auf dem Grund der Schlucht explodiert und zu einem Metallklumpen zerschmolzen, inklusive der Nummernschilder. Zum Glück hatten Sie wenigstens die Kreditkarte in Ihrer Hemdtasche, sonst hätte man Sie gar nicht identifizieren können ...« Ich sinke wieder in die Dunkelheit.

Stimmengewirr.

Aus dem Gemurmel stechen geflüsterte Zischlaute wie Messer hervor. Ich lausche mit geschlossenen Augen. Ich habe das Gefühl, unfreiwillig den Lauten aus einem Beichtstuhl zuhören zu müssen. Eine Welle der Scham überschwemmt mich, heiß, unangenehm, obwohl ich kein Wort verstehe. Ich versuche die Stimmen zuzuordnen. Die flüsternde weibliche Stimme gehört Schwester Dominika. Aber die andere, tiefe, brummende?

Auf einmal schießt es mir wie ein Blitz durchs Gehirn: Dr. K. Die Erlösung! Schluß mit der Verwechslung,

Schluß mit dem schlechten Gewissen, Schluß mit der ungewollten Lügerei.

Dr. K. wird mich sofort erkennen, wird sagen: »David, was machst du für Sachen.«

Ich öffne das gesunde Auge, sehe Dr. K. wie durch einen Schleier. Er grinst und sagt: »Daniel, was machst du bloß für Sachen?«

Ich schließe die Augen, wie ertappt.

Ich spüre, wie Tränen der Wut in mir aufsteigen.

»Ich habe gedacht, wenigstens du«, höre ich mich röcheln.

»Hei, hei, hei«, unterbricht er mich. »Mach dir keine Sorgen. Das Haus ist verkauft. Du wirst gesund. Dann geht's wieder los. Die Presse halt ich dir vorläufig vom Leib, bis wir wissen, was von deinem Gesicht übriggeblieben ist. Mit ein, zwei plastischen Operationen wird das schon wieder.

Und morgen kriegst du Besuch. Dein alter Freund aus Afrika, der Reinhard, wird Direktor vom Zürcher Schauspielhaus und will dich mitnehmen.«

»Bitte, Doktor, es ist genug für heute«, höre ich die Schwester sagen.

Die beiden gehen leise aus dem Zimmer.

Ich liege da, vollkommen durcheinander, aber hellwach. Hat mir das Schicksal eine Rolle zugedacht, die ich gar nicht erfüllen kann? Ist das meine Chance, weiterzuleben, indem ich dich spiele, Daniel?

Ich spüre, wie mir die Tränen in den Hals laufen. Schwester Dominika öffnet noch einmal leise die Tür, greift nach dem Blumenstrauß, der auf einem Tischchen neben der Tür liegen geblieben ist.

Ich sage: »Bitte, Schwester, geben Sie mir ein Beruhigungsmittel. Mir geht's nicht gut.«

»Bin schon unterwegs, Herr Sammer ...«, sagt sie.

Ich bin allein. Ich sage mit einer Stimme, die gar nicht mir gehört: »Ruhe, Ruhe – David, nimm dich zusammen.« Neuer Schmerz fällt über mich her, wie ein wildes

Tier, wird unerträglich, nimmt Besitz von meinem Körper, von meinem Hirn, raubt mir die letzte Kraft. Ich kann nichts anderes denken als Schmerz. Ich fange an zu schreien.

Schwester Dominika reißt die Tür auf, stürzt ins Zimmer.

»Was ist, Herr Sammer?« fragt sie atemlos. Sie fühlt meinen Puls, meine glühend heiße Stirn.

Ich sage, die Zähne zusammenbeißend: »Die Schmerzen sind mir zu viel, ich halte das nicht mehr aus ...«

»Sie kriegen schon ein Dosis Morphium, die kaum zu verantworten ist ...«

»Bitte, bitte, helfen Sie mir, ob Sie's verantworten können oder nicht – haben Sie Mitleid mit mir ...«

Sie lächelt.

»Ich habe großes Mitleid mit Ihnen, obwohl sich eine Krankenschwester das nicht leisten kann.«

»Gibt's gar keinen Ausweg – irgendein Mittel?«

»Wir wollen doch nicht aufgeben, Herr Sammer. Wir dürfen das nicht. Wir haben doch so viele Helden gespielt. Die Leute erwarten, daß Sie tapfer sind.«
Sie streichelt meine Hand, legt mir eine kalte Kompresse auf die Stirn.

»Wir haben noch nie den Helden gespielt«, sage ich, ihren krankenhaustechnischen Pluralis Majestatis aufgreifend, »was die Leute erwarten, ist mir scheißegal. Ich will nicht tapfer sein. Das einzige, was ich will, ist, daß diese Schmerzen aufhören ...«

Schwester Dominka setzt sich zu mir aufs Bett, schaut lange auf die fluoreszierenden Geräte, die anzeigen, daß ich noch am Leben bin.

»Ich werde morgen mit dem Professor sprechen«, sagt sie auf einmal. »Vielleicht macht es Sinn, Sie in ein künstliches Koma zu versetzen – aber das kann natürlich nur er entscheiden. Versuchen Sie jetzt zu schlafen.«

Sie geht leise hinaus, läßt nur das spärliche Nachtlicht brennen.

Unendlich langsam erwacht mein Geist, nebulos, immer wieder in schwarze Löcher fallend.

Birthe rennt mit wehendem Haar über eine Wiese, immer wieder. Es wird Nacht. Stockdunkle Nacht.

Ein See, glatt wie ein Spiegel. Ich gleite lautlos über die schwarz glänzende, ölige Oberfläche. Ein schmales Boot, einem Kanu ähnlich. Ich treibe es langsam mit einem Paddel durch die Fluten. Immer wenn ich das Paddel durchziehe, abwechselnd rechts und links, tropft schwarzes Öl in den See. Über mir kein Himmel, sondern eine niedrige Felsendecke wie in einer Grotte.

Trommeln dringt an mein Ohr, leiser rhythmischer Gesang, allmählich anschwellend. In der Ferne rötlicher Feuerschein. Ein Ufer voller Geröll.

Weiß gekleidete Menschen behängen mich mit Blumenkränzen, schwarz glänzend wie verbranntes Laub. Ich gehe, ohne den Boden zu berühren, durch ein endloses Spalier gesichtsloser Menschen.

Eine weiße Gestalt geht mir voran, führt mich in die Dunkelheit. In mattem Dämmergrau ein Acker, grotesk schimmernde Gebeine, Totenschädel. Inmitten des Ackers eine unversehrte Gestalt. Daniel. Er streckt mir beide Hände entgegen, die ich ergreife.

Mit ungeheurer Gewalt schleudert er mich plötzlich auf den Rücken.

Über mir ein sternloser Himmel. Von einem dürren Baum steigt ein schwarzer Vogel senkrecht in die Luft, verharrt einen Augenblick, stürzt auf mich herunter, die Schwingen ausgebreitet, der gewaltige Schnabel glänzt metallisch.

Ich weiß, er wird mir das Herz aus der Brust reißen.

Ich spüre seine Krallen, ohne Schmerz.

Er sitzt auf meiner Brust. Schwarz schillernde Augen schauen mich an, gütige Augen. Er beginnt rhythmisch mit den Flügeln zu schlagen, fächelt mir Luft zu, ohne Unterlaß, lautlos, immer wieder. Ich öffne die Augen. Ich öffne das Auge, das mir geblieben ist. Verschwommen sehe ich Birthe. Sie sitzt auf meiner Bettkante, vor-

gebeugt, fächelt mir Luft zu, lautlos, beharrlich, ohne Unterlaß.
Als sie mein halb geöffnetes Auge sieht, lächelt sie, ergreift meine Hand, küßt sie.

Sie setzt sich in den Rollstuhl, der neben meinem Bett steht. Sie schaut mich lange an.

»Ich dachte schon, du wachst überhaupt nicht mehr auf«, sagt sie trocken.

»Ich war auf einer langen Reise. Ich erinnere mich an nichts, nur an einen freundlichen Vogel, der mir Luft zufächelt. Das Kuriose ist: Ich habe keine Schmerzen mehr.«

Das stellte sich als ziemlicher Irrtum heraus, als ich einen Gehgips bekomme und anfange, damit herumzulaufen. Aber die Schmerzen sind erträglich, auch für einen Feigling. Ich durchlaufe so ziemlich alle Stationen des Klinikums: Röntgenaufnahmen, Labortests, rote Blutkörperchen, weiße Blutkörperchen, Urin im Glas, Reaktionstests, eine endlose Prozedur.

Das Nasenbein ist verheilt, die Unterarmknochen sind sauber zusammengewachsen. Bei den Rippenfrakturen starke Kallusbildung, das kaputte Bein braucht noch Zeit – vielleicht eine Nachoperation. Und das Auge?

Eine komplizierte Untersuchung ergibt, daß die Sehkraft stark beeinträchtigt ist.

»Es hat keine Sinn, drum herumzureden. Es ist ziemlich sicher, daß Sie auf diesem Auge erblinden werden«, sagt der Spezialist.

»Das gesunde Auge ist ebenfalls in Mitleidenschaft gezogen, wird aber die Arbeit für beide Augen übernehmen.« Er grinst. »Sie werden immer noch gut schießen können, brauchen dabei das linke Auge nicht mehr zuzukneifen, das ist doch was ...« Er lacht meckernd über seinen Witz.

»Ich habe noch nie gut schießen können und habe das auch in Zukunft nicht vor.«

»Ich erinnere mich an ein Kinostück, wo Sie einen Schützenkönig ...«

»Wie ist es mit dem Gleichgewicht?« unterbreche ich ihn.

»Da wird's am Anfang etwas hapern, aber das geht vorbei.«

Der witzige Doktor hat recht.

Bei meinen Gehübungen im Garten des Klinikums gibt es drei Probleme: den Gehgips, die Krücken und die Balance.

Es ist schwer, Entfernungen abzuschätzen, ich habe manchmal kurze Schwindelanfälle. Meine Sicht der Umwelt ist impressionistisch.

Im Krankenhaus nennen sie mich wegen der schwarzen Augenklappe Moshe Dajan.

Heute gehe ich mit Birthe durch den Park, ich auf meinen Krücken, sie, den Rollstuhl als Stütze vor sich herschiebend. Der Augenklempner hat mir geraten, immer eine dunkle Sonnenbrille zu tragen. So ist die Welt goldfarbig, mit einem leichten Rotstich.

»Komm«, sagt Birthe, »setzen wir uns auf die Bank.«

Ich sehe an ihrem Gesicht, daß ihr das Gehen große Mühe macht. Sie setzt sich mit einem Seufzer auf die Bank. Ich lagere meinen »Gipshaxen« auf die Sitzfläche des Rollstuhls.

»Das Sanatorium hat mir das Zimmer neben deinem zur Verfügung gestellt. So war ich immer in deiner Nähe.«

»Wie lange war ich – weg?« frage ich.

»Beim Satan«, sagt sie, »es war eine kleine Ewigkeit.«

Sie wird sehr ernst.

»Ich habe natürlich mitgekriegt, daß du für alle Daniel Sammer bist. Schließlich habe ich nicht mehr widersprochen.«

Ich lege meinen Arm um ihre Schulter.

Das undeutliche, goldene Bild vor mir verschwimmt zu einem bedrohlich grauen Brei.

»Kannst du dir vorstellen, wie es ist, wenn man seine Identität verloren hat? Es zerreißt mir einfach die Brust. Das ist eine viel größere Qual als alles, was ich an Schmerzen erdulden mußte.«

Stille.

»Ich weiß nicht, wie ich eine Rolle spielen soll, die für mich drei Nummern zu groß ist ...«

Sie legt ihren Kopf an meine Brust, und diese zärtliche, hingebungsvolle Geste sagt mir, daß sie mich sehr gut verstanden hat.

Sie setzt sich in den Rollstuhl. Ich schiebe sie vor mir her. Die Griffe des Rollstuhls sind meine Krücken.

Birthe spricht vor sich hin. Bei jedem Satz steigen kleine Atemwolken in die noch kühle Frühlingsluft.

»Laß uns realistisch sein. Ich bin eine romantische, skandinavische Realistin. Wenn wir das Spiel mitspielen, hat das auch seine guten Seiten: Wir zwei sind dann verheiratet und brauchen keine juristischen Klimmzüge zu machen. Daniel hat zwar große Teile seines Vermögens nach Zentralamerika transferiert, aber es bleibt immer noch der Erlös des Hauses und diverse Obligationen und Aktien.

Johanna bekommt von mir ein Legat auf Lebenszeit und den großen Hund, den sie so liebt. Der kleine bleibt bei uns.

Ich habe ausgerechnet, daß uns genug bleibt, um bis ans Ende unserer Tage ein bescheidenes Leben zu führen.

Was aber das wichtigste ist: Daniel lebt in dir weiter, nicht als Molekularteilchen oder auf einer weißen Wolke sitzend, sondern ganz wirklich und real.

Und darüber lohnt es sich, nachzudenken.«

Wir haben das Ende des Parks erreicht. Ich schiebe den Rollstuhl so gegen eine niedrige Rabatte, daß er schaukelnd zum Stehen kommt.

»Was ist mit dir los?« fragt Birthe mit einem kleinen Lachen.

»Wenn du's nicht weitersagst, meine Sehkraft wird immer armseliger. Du wirst von jetzt an mein Augenlicht sein, mein Steuermann ...«

Sie sagt: »Ich bin schon froh, daß du nicht ›mein Blindenhund‹ gesagt hast.«

Ein paar Tage später gibt sie mir ein Schächtelchen. Es enthält zwei Kontaktlinsen. Sie haben genau diese grünbraune Farbe von Daniels Augen.

»Wenn die große Verunsicherung und Verwirrung der Leute nachläßt, wird dich unweigerlich einer als David Sammer identifizieren, weil deine Augen viel dunkler sind als die von Daniel. Ich war bei dem Optiker, der einmal für ein Double von Daniel diese farbigen Linsen hergestellt hat. Er hatte noch ein Reservepaar.«

»Ich war ja damals dabei, aber daß du den Optikerladen wiedergefunden hast, ist sensationell.«

Ich muß jetzt furchtbar lachen.

»Er hatte eine ganze Palette farbiger Kontaktlinsen, darunter auch zwei rote. Ich habe ihn gefragt, wer will schon rote Augen haben? Haben Sie eine Ahnung, sagt er. Rote Kontaktlinsen gehen am besten. Die balkanesischen Falschspieler kaufen die Dinger. Sie spielen mit gezinkten Karten, und durch die roten Linsen können sie auf dem Blatt der Mitspieler Zeichen erkennen, die man mit bloßem Auge nicht sieht. Und so gewinnen sie immer, wenn sie wollen.«

Birthe hilft mir, die eine Kontaktlinse in das gesunde Auge zu praktizieren. Sie hat damit große Erfahrung, weil sie selber seit Jahren Kontaktlinsen trägt, was ich natürlich nicht wußte.

Ich schaue in den Spiegel und erschrecke: Ein grünbraunes Auge schaut mich an, Daniels Auge.

Wie weit kann man die Lüge noch treiben, frage ich mich. Aber wir sind mittendrin, wir können nicht mehr zurück.

Heute kommt Birthe mit einem ganzen Packen großformatiger Fotografien. Es ist eine Portraitserie, Daniels Kopf von allen Seiten, schwarz-weiß und Farbe. Ein befreundeter Fotograf hat sie gemacht, weltberühmt für seine porenscharfen Bilder.

»Ich schicke diese Fotos an Oluv Björndal. Er ist ein guter Freund und Skandinaviens Nummer eins in plastischer Chirurgie.

Ich habe während deines Komas, als einmal beim Verbandwechsel beide Augen frei waren, ein paar Fotos von dir geschossen und sie ihm geschickt. Er sagte mir am Telefon, es sei schwer, auf Distanz eine genaue Diagnose abzugeben, aber diese Aufgabe würde ihn ganz besonders reizen. Zwei, drei Operationen, meinte er, in entsprechenden Abständen.«

Inzwischen sind genau hundertsieben Tage vergangen. Ich mache Striche im Kalender, wie ein Sträfling. Für jeden Tag ohne Birthe einen Strich.

Oluv, mit dem ich fast so etwas wie eine Freundschaft aufgebaut habe (ein masochistisches Verhältnis nenne ich es im Stillen), hat inzwischen drei Eingriffe vorgenommen. Er zeigt mir mein Gesicht mit einem Handspiegel von allen Seiten.

»Im Grunde ist es jetzt okay. Aber zwei kleine Retuschen würde ich gerne noch vornehmen, was meinst du?«

»Retuschen! Du bist gut! Als ob ich ein mißlungenes Foto wäre, das man nach Belieben retuschieren kann.«

»Überleg dir's«, sagt er mit dem feinen Lächeln des Sadisten, »die Versicherung muß das ja bezahlen.«

Also noch zweimal unters Messer, beim letzten Mal große Schmerzen.

Ich sehe jetzt noch nicht aus wie Daniel Sammer, aber auf jeden Fall nicht mehr wie David. Eher wie ein Dressman, der sich aus beruflichen Gründen verjüngen ließ.

Ich fahre mit dem Zug nach Kopenhagen, trinke mit Birthes Vater auf dem Hauserplads ein paar Biere. Er wundert sich, daß ich so wenig Durst habe.

Er hat die Bäckerei verkauft und geht zu einem Bruder nach Jütland. Ich frage: »Seid ihr Zwillinge?«

»Ja«, lacht er, »aber verschiedener können zwei Menschen nicht sein.«

Auf dem Flugplatz von Salzburg holt mich Dr. K. ab, der liebe Kerl.

Auf der Fahrt erzählt er mir, daß er in Birthes Auftrag den Erlös vom Hausverkauf auf ein Konto in den USA überwiesen habe, da eine Direktüberweisung nach Nicaragua nicht möglich sei. Johanna darf im Austraghäusl bleiben und für die neuen Besitzer arbeiten. Bernie, die wunderschöne, wachsame, ein wenig rundliche Berner Sennenhündin darf ebenfalls bleiben und auf das Haus aufpassen.

(Ein wenig später habe ich dann erfahren, daß Johanna mitsamt ihrer Bernie den Posten wütend verlassen habe, weil die neuen Hausherren mit nichts zufrieden waren.

»Ihr seids koane Sammer nit«, soll sie gerufen haben, als sie auf ihrem Traktor zum Hoftor hinausfuhr.)

Ich bitte Dr. K., auch meine Konten aufzulösen und das Geld auf das amerikanische Konto zu überweisen. »Abzüglich natürlich deines Honorars und deiner Unkosten.«

»Spinnst du?« sagt er mit seinem merkwürdig atemlosen Lachen. »Von einem Freund habe ich noch nie Geld angenommen. Es gibt genug Gauner, von denen ich das wieder hereinholen kann.«

Johanna erwartet uns mit einer fabelhaften Brettljause. Birthe kommt dazu. Sie wirkt niedergeschlagen.

»Was hast du?« frage ich etwas verunsichert. »Vor unserem Freund kannst du ruhig reden.«

»Der Abschied von diesem Leben fällt mir doch schwerer, als ich gedacht habe. Johanna ist für mich eine zweite Mutter geworden.«

Jetzt ist es so weit. Der Wagen steht mit laufendem Motor in der Einfahrt. Es ist ein Behindertentaxi, das uns nach Zürich bringen wird. Ich habe mir das gewünscht, um dem Land meiner Kindheit Adieu zu sagen.

Johanna steht in der Tür, neben ihr die Bernie. Während der Rollstuhl und das Gepäck verladen werden, gehe ich auf sie zu.

»Magst nit mit nach Amerika kommen, Hanni?«

»Na«, sagt sie übertrieben empört. »Ich vertrag das Fliegen nicht. Und außerdem hab i g'hört, daß ma dort die Würstln in der Apotheke kaufen muß. Des is nix für mi.«

Ich beuge mich zur Bernie hinunter, und sie leckt mir zum Abschied die Hand.

»Paß auf dich auf, Hanni«, sage ich, und drehe mich schnell weg; ich weiß, daß ich sie nie mehr wiedersehen werde.

Ich warte beim Taxi, bis Birthe und Johanna ihre Umarmung gelöst haben. Dann helfe ich Birthe beim Einsteigen.

Während das Taxi wendet, sehe ich Hanni dastehen. Sie lacht zaghaft, aber es sieht mehr aus wie ein Weinen.

Zum Schluß hebt sie traurig die Hand, und dann ist sie unseren Blicken entschwunden.

Wir fahren an Salzburg vorbei. In der Ferne ragt das Dach der Ewigen Liebe durch den grauen Frühnebel. Dann kommen die wunderbaren Hügel- und Bergketten des Alpenvorlandes. Hintereinander geschachtelte Kulissen, wie jene in Nicaragua. Birthe betrachtet mich stumm, während ich das alles anschaue.

Sentimentale Reise, denkt sie wahrscheinlich, aber Männer wie David brauchen so etwas.

Dann Riedering bei Rosenheim zur rechten Hand, wo Berghammer wohnte, mein kleiner Leutnant. Eines Tages trug er Feuerholz über die Kellerstiege, fiel plötzlich um und war tot. »Guter Kerl«, denke ich, »warst einer der besten Lehrer, die ich hatte.«

Nach dem eher düsteren Unterinntal taucht der Patscherkofel aus dem Nebelmeer. Und als wir an Innsbruck vorbeifahren, flutet das Sonnenlicht wie Brandung über die Stadt, läßt die Türme und Kuppeln geheimnisvoll glänzen.

Birthe summt, als ob sie meine Gedanke erriete: »Innsbruck, ich muss dich lassen ...«

»Wollen Sie hier Rast machen?« fragt der Chauffeur.

»Nein, nein, um Gottes Willen«, sage ich, »bloß weiter!«

Ich denke an die Maria-Theresien-Straße im Hakenkreuzmeer. Ich denke an meinen Großvater, wie er läuft mit wehendem Federbusch.

Ich denke an den Katecheten, der mir vor der Jesuitenkirche eine Ohrfeige verpaßt, als wäre eine Kirche so etwas wie ein Bahnhof, wo man beim Zuspätkommen den lieben Gott verpassen kann.

Die Hohe Munde taucht auf, und drunter liegt Telfs, wo Daniel die grandiosen Volksschauspiele ins Leben gerufen hat, was damit anfing, daß er den Nazi-Saal vom Gauleiter Hofer hat einreißen lassen.

Ich denke an den Bürgermeister dieses Karnerortes – den grandiosesten Zigeuner, den ich kenne.

Ein Stück weiter taucht zur linken Hand auf halber Höhe ein kleiner Bauernhof auf. Dort war Lois W. zu Hause, bevor er einer der großen Künstler der Dokumenta wurde.

In einem Film, an dem auch Daniel beteiligt war, spielte er die Titelfigur, einen armen Teufel, der als Judas von Tirol in die Geschichte einging. Ich sagte zu ihm: »Du bist ein grandioser Schauspieler.« Er wurde wütend. »Geh! Schauspieler, des is doch koa Beruf, des is gar nix!«

Wir durchfahren das häßliche Landeck, wo ich damals von den Amerikanern aus dem Militärdienst entlassen wurde, und ich bitte den Fahrer, den kleinen Schlenker durchs Obere G'richt zu machen, wo meine Wurzeln tief in der kargen Erde liegen, auch meine genuesischen. Der Kaunergrat taucht auf, eine der schönsten Bergsilhouetten, die ich kenne.

Und von einem schrägen Hang grüßt Überwasser, in strahlendes Licht getaucht.

»Wo ist eigentlich die Alm, die dein Schicksal geworden ist?« fragt Birthe.

»Wir sind längst vorbei. Ich wollte nicht daran denken. Manche Dinge muß man aus dem Gedächtnis streichen, wenn man den Glauben an die Menschen behalten will.«

Das Taxi hält bei der Friedhofskapelle mit dem Kriegerdenkmal. Aus einem gegenüberliegenden Radiogeschäft dringt Lederhosen-Musik über die Straße.

Ich bitte Birthe, im Taxi zu warten, und gehe allein über den Friedhof. Ich kenne fast jeden, der da liegt. Meine Mutter, mein Vater, und in einer Ecke meine leibliche Mutter in einem schmucklosen Grab.

Die Glocken beginnen zu läuten, »La Voz de la Esperanza«, denke ich und renne pietätlos zum Taxi zurück. Bevor ich einsteige, werfe ich noch einen Blick in die Kriegerkapelle. Dort ist eine Gedenktafel angebracht, der Mörtel noch frisch. Darauf steht: David Sammer, in Nicaragua ermordet, im Kampf für die Freiheit.

Auf der Weiterfahrt falle ich in einen tiefen Erschöpfungsschlaf.

Kurz vor Zürich weckt mich Birthe.

»Der Fahrer will wissen, wo er uns hinfahren soll.«

»Zur Kronenhalle, Rämistraße/Paradeplatz. Dort treffen wir Reinhard, du weißt, Daniels großen Freund und Begleiter auf vielen Expeditionsreisen. Er ist jetzt Direktor des Schauspielhauses, war versicherungstechnisch die größte Hilfe in dem ganzen Schlamassel.

Er hat auch unsere Tickets besorgt, für den Flug nach Managua. Er wollte sich unbedingt persönlich von uns verabschieden.«

In der ehrwürdigen Kronenhalle, einem alten Zunfthaus, vollgehängt mit Originalen von Braque, Chagall und Max Ernst, herrscht Hochbetrieb. Der Ober, Herr Zimmermann, kommt uns strahlend entgegen. »Willkommen, Herr Sammer, das ist eine große Freude, Sie wiederzusehen.«

Er führt uns an einen Tisch, wo Reinhard bei Mineralwasser auf uns wartet. Neben ihm ein Mann mit rundlichem Gesicht und wachen Augen.

Reinhard schließt zuerst Birthe in die Arme, dann mich und sagt vorstellend: »Das ist Peter T., ein Theaterdichter aus einer gottverlassenen Gegend nördlich von Wien.«

Der Wagen mit den Köstlichkeiten des berühmten »Bollito Misto« wird an den Tisch gefahren. Der Koch, mit Mütze, belädt elegant einen Teller mit Siedfleisch, Zunge und verschiedenen Gemüsen. »Noch etwas Spinat, wie immer?« sagt er lächelnd und stellt den Teller vor mich hin.

»An Guete, Herr Sammer, bienvenuto.«

Birthe kriegt »G'schnatzelts Leberli mit Röschti« und staunt, daß die Brötchen so hart sind.

»Das sind keine Brötchen«, korrigiert sie Herr Zimmermann, »das sind Bürli, und die sind nur gut, wenn sie kroß gebacken sind.«

Er schenkt funkelnden Wein in unsere Gläser.

»Dezalay, Jahrgang 57, wie immer, kalt, aber nicht zu kalt, wohl bekomm's.«

»Woher weiß er das alles?« fragt Birthe staunend.

»Er ist Schweizer«, sage ich, »und als Ober ist er ein Genie.«

Wir haben fertig gegessen. Es kommt noch ein hausgemachtes Mousse au Chocolat, das mit einem warmen Löffel serviert wird – und dann tritt ein Mann an unseren Tisch, den ich ein Leben lang verehrt habe, ein heiliger Narr des Theaters, Karl P., überbordendes Genie als Schauspieler und als Regisseur.

»Ich bin überwältigt von diesem Empfangskomitee«, sage ich schmunzelnd, »aber das Ganze sieht mir doch au, wie eine Verschwörung.«

»Ganz falsch ist das nicht«, meint der Dichter ohne die geringste Verlegenheit.

»Ich habe eine Figur geschrieben, bei der ich an dich gedacht habe, Sammer, die ganze Zeit. Und wir wollen dich überreden, daß du noch einmal Theater spielst, bevor du in die Pampa Zentralamerikas entschwindest. Die Figur heißt Shakespeare, ein versoffenes Genie, dem Bücher und Literatur mehr bedeuten als sein Leben. Einer, der behauptet, daß Kultur, wie er sie versteht, für den Menschen genauso lebenswichtig ist wie das tägliche Brot.«

Stille.

Reinhard legt mir den Arm um die Schulter und schaut mich lang an.

»Ich glaube, da kannst du nicht Nein sagen, auch

wenn deine Seele schon über den großen Teich geflogen ist.«

»Ich werde das Stück inszenieren«, sagt Karl P., »und ich will, daß du es spielst.«

Stille.

»Ich dachte, du hast unsere Tickets bestellt«, sage ich zu Reinhard, »was ihr da macht, ist Erpressung.«

Stille.

Und in die Pause hinein meint Birthe: »Daniel wird dieses Stück spielen. Wir verschieben unsere Abreise. Die Vorbereitungen für unser Leben in Nicaragua brauchen ohnehin Zeit. Was meinst du, David?«

Ratlosigkeit am Tisch.

»Ich nenne ihn David, wenn ich ein ernstes Wörtchen mit ihm zu reden habe«, fügt Birthe lächelnd und etwas zu schnell hinzu.

Ich gehe in das vornehme Klo mit den grünen Waschbecken und den vergoldeten Hähnen. Ich lasse kaltes Wasser über mein Gesicht und meinen Nacken laufen.

Als ich zurückkomme, steht für jeden ein Gläschen Marc de Bourgogne auf dem Tisch und für mich ein Cappuccino ohne Kakaopulver.

Reinhard legt einen Vertrag neben den Marc und eine goldene Füllfeder.

»Brauchst nur zu unterschreiben ...«

»Gut«, sage ich, und meine Gedanken drehen sich wie ein Ringelspiel, »aber vorher wird getrunken. Dann kann ich immer sagen, den Vertrag habe ich im Vollrausch unterschrieben.«

Ich schreibe, mit etwas klammen Fingern: Daniel Sammer, ehemaliger Schauspieler.

Als wir aufbrechen und ich um die Rechnung bitte, sagt Herr Zimmermann: »Sie waren heute Gast unseres Hauses. Und noch etwas, Sie haben da neulich Ihren Hut vergessen, Herr Sammer.«

Er holt einen etwas angestaubten Hut von der Kleiderablage.

»Ich glaube, ich war das letzte Mal vor vier Jahren bei euch.«

»Ganz genau«, sagt Zimmermann, »vor vier Jahren am ersten August, am Nationalfeiertag.«

Der listige Reinhard hat eine Wohnung in Niederdorf für uns vorbereitet, in einem uralten Haus mit Lift, alles eben, keine einzige Stufe.

»Rollstuhlfreundlich«, sagt Birthe.

Da ich Daniel oft auf seinen Proben begleitet habe, kenne ich das Prozedere. Karl P., der alte Gauner, hat das Stück vorprobiert. Bis zur Premiere sind es nur drei Wochen.

»Aber du lernst ja schnell, wie ich weiß, und in der Emigration hatten wir nie mehr als vierzehn Tage Probenzeit.«

Als ich die Arbeit beginne, ist das Stück schon sehr weit fortgeschritten. Ein jüngerer Kollege hat bis jetzt meine Rolle vorprobiert und hilft mir nun als Coach. Bei der ersten Probe sage ich zu Karl: »Jetzt heißt es lügen.«

»Nein«, sagt er ärgerlich, »jetzt heißt es, die Wahrheit sagen. Spiel nicht Theater. Sei einfach, wie du bist, ganz grade heraus. Wenn du nichts machst, bist du am besten.«

Da ich überhaupt keine Ambitionen habe, gut zu sein, geht das hervorragend.

»Noch leiser«, sagt Karl, »noch privater. So wie du mit mir redest, wenn wir zusammen ein Glas Wein trinken.«

Auf der ersten Bühnenprobe ist der Teufel los. Karl hält sich beide Hände an die »Ohrwascheln«, um besser zu hören.

»Ich verstehe kein Wort«, schreit er schließlich verzweifelt.

»Dieses Theater hat den Ruf, eine phantastische Akustik zu haben. Aber das ist ein Schmarrn. Alle Theater sind Badeanstalten, also schreit's wie immer!«

Er läßt sich ein Podest bauen, von dem er jederzeit auf die Bühne stürzen kann, um gnadenlos in das Geschehen einzugreifen.

Das betrifft die Schauspieler, denen er brillant Sachen vorspielt, und er ist deshalb so umwerfend gut, weil er's ja am Abend dann nicht machen muß.

»Ich glaube, es fängt an, dir Spaß zu machen. Laß das! Damit verdirbst du alles.«

Er brüllt auf die Beleuchterbrücke hinauf, wie sie den »Dreier« einzurichten haben, er mischt sich in die Ausstattung ein und erklärt minutiös, wie dieses oder jenes Requisit auszusehen hat. Er reißt ein Kostüm in Fetzen, wenn er findet, daß es so richtiger aussieht. Er bringt alle zur Verzweiflung, aber alle lieben ihn.

Karl hat nie ein Geheimnis daraus gemacht, daß er Kommunist ist. Er fährt ein Auto mit dem Nummernschild KP-1. Er liebt es, das Publikum mit Kampfliedern aus der Reserve zu locken. Zuerst ist es nur eines. Im Laufe der Proben werden drei daraus: die Marseillaise, die Internationale und schließlich noch als Tüpfelchen auf dem i »Avanti popolo«.

Die Premiere kommt.

Es herrscht Hochspannung. Alle sind aufgeregt, weil sie unbedingt »gut« sein wollen, weil sie ihr Leben lang Theater spielen wollen. Ich bin ganz ruhig, weil ich nie mehr Theater spielen werde.

Ich lasse mich nicht anstecken. Ich spiele wie ein unbefangenes Kind.

Als ich das erste Mal in den leeren Raum der Bühne hinaustrete, überkommt mich ein Gefühl grenzenloser Freiheit.

Es geht alles gut.

Die Kollegen spielen um ihr Leben.

Die Kampflieder werden eines nach dem anderen dem bürgerlichen Zürcher Publikum entgegengeschmettert. Aber Karls Kalkül einer politischen Provokation geht nicht auf. Im Gegenteil. Zuerst zaghaft, dann immer beherzter, singen alle bald aus voller Kehle mit.

Am Schluß minutenlanger Applaus, stehende Ovation. Karl kommt auf die Bühne, der Applaus wird zum Orkan.

Karl reckt die Faust und schreit:

»Ich bin Carlos Marx!«

Die Rezensenten sind sich uneinig. Einige schreiben liebevolle Verrisse, andere versteigen sich in maßlose Lobhudeleien.

Über Daniel Sammer schreiben sie:

Ein großer Künstler ist wieder auferstanden. So direkt, so menschlich, so bar aller Künstelei hätten sie ihn nie gesehen.

»Er trifft mit seiner gnadenlosen Einfachheit das Publikum mitten ins Herz.«

Birthe sagt, als wir wieder zu Hause sind und der ganze Trubel der Premiere vorbei ist: »Du hast deinem Bruder ein Denkmal ohne Schnörkel gesetzt, ein wunderbares Denkmal. Und jetzt laß uns endlich abreisen.«

Die nächsten Wochen vergehen quälend langsam und dann wieder rasend schnell.

Ich telefoniere jeden Tag mit Luz-Marina in Managua, und endlich hat sie ein Haus gefunden, das wir problemlos auf Dollarbasis kaufen können.

Es hat einem uruguayischen Schriftsteller gehört, der doch lieber in Mexiko leben wollte und zeitweise in Paris. Das Haus liegt ziemlich hoch oben in einem Dorf mit Namen Santa Catalina. Von der Terrasse kann man auf den riesigen Nicaragua-See schauen, von dessen Ufer die Dächer und Kuppeln von Granada heraufschimmern.

Sie hat einen befreundeten Architekten vom Patrimonio Cultural beauftragt, das Haus rollstuhlgerecht umzubauen.

Schöne, einfache Möbel und eine große Bibliothek sind vorhanden.

Sogar der Telefonanschluß kann reaktiviert werden.

Und es kostet nur so viel, daß uns auch noch Geld zum Leben bleibt.

Reinhard hat Daniels Sozialversicherung lückenlos weiterbezahlt, auch wenn er nicht am Haus gearbeitet hat.

So wird es eine bescheidene Rente geben, und die Personalfürsorge des Theaters wird uns auf Lebenszeit eine nicht unbedeutende Pension ausschütten.

Die realistische Birthe ist sehr beruhigt.

»Das klingt wahnsinnig materialistisch, aber es ist ein gutes Gefühl, daß Daniel ein Leben lang für uns sorgen wird; daß wir arm, aber nicht bettelarm, unter Armen leben können. Kultur ist ein Lebensmittel, das hat er doch immer gesagt.«

Reinhard hat mit Hilfe der Stadt ein großes Abschiedsfest für uns arrangiert. Es floß Dezalay und Aigle de Muraille in Strömen. Auf der Bühne spielte George Gruntz mit seiner Bigband, und bis in die Morgenstunden erfuhr ich von alkoholbeschwingten Kolleginnen und Kollegen, was für grandiose Rollen sie in den letzten Jahren gespielt haben, welche Regisseure absolute Arschlöcher seien und – unter dem Siegel strengster Verschwiegenheit – mit welchen Damen oder Herren sie während der letzten Spielzeit geschlafen haben.

Eine junge Schauspielerin sagte ein rührendes Gedicht auf und zeigte dabei ein ebenso rührendes Dekolleté. Reinhard versprach, daß er uns in Nicaragua besuchen würde, und Karl P. flirtete ungeniert mit Birthe und flüsterte ihr ins Ohr, daß ich ein grandioser Nicht-Schauspieler sei und daß es deshalb besser sei, wenn ich dem Theater endlich und endgültig den Rücken kehren würde.

Im Morgengrauen kamen wir nach Hause, wo zwei Tickets nach Nicaragua auf dem Tisch lagen.

Der Flug in die neue Welt ist lang und beschwerlich, besonders für Birthe, obwohl ihr die Versicherung eine Art Liegesitz zuerkannt hat, sodaß sie wenigstens die Beine nach Belieben ausstrecken kann. Dieser Sitz ist allerdings in der fußfreien Reihe nahe einem Notausgang. Und dort zieht es bekanntlich, auch wenn alle Fluggesellschaften das bestreiten.

Ich wickele sie also in eine Kamelhaardecke, und sie fällt sofort in einen todesähnlichen Schlaf.

Als wir endlich in Havanna ankommen, steht der Assistent am Fuß der Gangway, mit einem Rollstuhl bewaffnet.

Ein paar Minuten später sind wir im Protocolo, wo uns Luz-Marina liebevoll willkommen heißt. Sie stellt uns einem kleinen Mann an ihrer Seite vor. Er trägt eine Baskenmütze, ein weißes Bauernhemd, ausgebeulte Jeans und Sandalen. Sein Haar ist weiß, sein Bart ist weiß, sein Gesicht ist schön mit einer kräftigen Nase und vollen Lippen. Hinter einer großen Brille schauen uns kluge, wissende Augen an.

Er ist der Minister.

»Ich heiße euch herzlich und dankbar willkommen. Mit einer Dankbarkeit, die nicht aufhören wird, da wir nicht vergessen werden, daß dein Bruder sein Leben für ein Kind Nicaraguas geopfert hat.«

Er sagt das ohne jedes Pathos.

»Fahrt jetzt nach Santa Catalina. Sie ist die Heilige der Gradlinigkeit und der Wahrheit. Sie wird euch beschützen, besonders in einer Zeit, wo so viel gelogen wird.« Er kann sich ein Grinsen nicht verkneifen.

Santa Catalina liegt hoch oben in einer Region gegenüber dem Mombacho, einem kopflosen, erloschenen Vulkan. Die Luft ist hier ein paar Grad kühler als in der brodelnden Hitze der Ebenen.

Das Haus ist einfach, aber gerade deshalb so schön. Ein großer Wohnraum mit einer weit ausladenden überdachten Veranda. Eine Küche, in diesen Raum integriert, zwei Schlafzimmer und dazwischen ein Bad.

Ich schiebe Birthe über die Schwelle und drinnen empfängt uns ein Duft von warmem Holz, von Büchern, von einem gerade vergangenen Tag.

Birthe gibt einen Laut von sich, der sich nur als Entzücken deuten läßt. Sie rollt immer wieder durch die Räume, hin und her, wie ein übermütiges Kind.

Ich gehe an den hohen Bücherregalen entlang: Literatur in spanisch, englisch, sogar deutsch. Ich entdecke einen Band von Pablo Neruda, Gedichte des früheren Hauseigentümers, mehrere Bände von Ruben Darío und gleich daneben ein ganz zerlesenes Exemplar mit Gedichten von Georg Trakl.

Das Gepäck, das der Fahrer hereingetragen hat, steht wie Kraut und Rüben beim Eingang.

Wir setzen uns in zwei Schaukelstühle, die auf der Terrasse stehen, und schauen in die untergehende Sonne.

Es ist ganz still. Ein leiser Abendwind trägt den Klang einer Gitarre aus dem Dorf herüber.

Überraschend schnell senkt sich die Nacht über die verblassende Landschaft, und wie von Zauberhand beginnt sich der Himmel mit unzähligen Sternen zu bevölkern.

Birthe deutet auf einen, der besonders hell leuchtet: »Das ist unser Stern«, sagt sie leise. »Er wird uns begleiten in diesem neuen Leben.«

»Ich fürchte, ich werde ihn nicht mehr lange sehen«, flüstere ich noch leiser.

»Du kannst einem wirklich jede Freude verderben«, sagt sie, »was soll denn das nun wieder heißen?«

»Ich hab's dir nicht sagen wollen, aber schon während

der Theaterspielerei hab ich es bemerkt: Ich konzentrierte mich jeden Abend auf einen bestimmten Scheinwerfer, der in einer bestimmten Szene auf mein Gesicht gerichtet war. Er wurde von Tag zu Tag schwächer.«

Jetzt kommen die schönen Tage. Ich koche voller Begeisterung. Ich singe manchmal vor mich hin, fühle mich ertappt, wenn ich merke, daß Birthe es hört. Ich versuche zu lesen, was mir mit dem getrübten Auge immer schwerer fällt.

Ich schiebe Birthe durch das Dorf. Wir reden und lachen mit den Leuten. Birthe hält kleine, braune Kinder im Arm; wir müssen Chicha trinken, ein gar nicht wohlschmeckendes Maisgesöff. Aber alles ist wunderbar.

Die Sonnenuntergänge werden zum Ritual, bis ich sie nicht mehr sehen, nur noch auf der Haut spüren kann.

Ich diktiere Birthe die letzten Seiten meines Buches und höre das feine Klicken, wenn ihre Finger gekonnt über die Tastatur des Computers gleiten.

Sie muß noch einige handgeschriebene Notizen aufarbeiten, während ich allein auf der Veranda sitze und dem Nachtwind zuhöre.

Plötzlich spüre ich eine kleine Hand auf meinem Knie und dann an meinem Schuh. Die Hand hebt meinen Fuß auf einen Schemel. Ich spüre, wie eine weiche Bürste meinen Schuh rhythmisch streichelt. Ich taste nach vorn und habe einen kleinen, struppigen Bubenkopf in meinen Händen.

»Was machst du denn da?« frage ich verwirrt.

»Ich putze deinen Schuh, Don David«, sagt eine helle, fröhliche Kinderstimme.

»Das sollst du nicht«, höre ich mich sagen, »ich bin blind und kann sowieso nicht sehen, ob sie schmutzig oder sauber sind.«

»Das macht nichts«, sagt die Kinderstimme, »auch einer, der nicht sehen kann, muß saubere Schuhe haben.«

Die weiche Bürste gleitet schnell und immer schneller über meinen Schuh. Eine Träne rinnt mir salzig über die Wange, und aus dem Inneren des Hauses ruft Birthe: »Das Buch ist fertig!«

Epilog.
Im Feuilleton des Nuevo Diario, einer Zeitung des freien Nicaragua, erscheint folgender Artikel:

Der Verfasser dieser Zeilen ist Dichter und Feuilletonist. Er besucht regelmäßig das Dorf Santa Catalina, weil dort seine Schwester lebt und seine Mutter begraben ist.

Jedes Mal begegnet mir ein seltsames Paar, ein kombiniertes Wesen aus Mann, Frau und Rollstuhl.

Der Mann trägt eine große, schwarze Brille. Er ist offenbar blind. Er schiebt den Rollstuhl wie eine Gehhilfe vor sich her.

In dem Gefährt sitzt eine sehr schöne, blonde Frau und dirigiert alle seine Schritte.

Mit leiser Stimme sagt sie: »Rechts, links, geradeaus« oder »Vorsicht, da liegt ein großer Stein.«

Er lächelt dann, und so fahren sie der Sonne entgegen, die er nicht sieht.

Die Frau ist sein Augenlicht, der Mann ersetzt ihr die Beine, und ich bin von Mal zu Mal immer mehr davon überzeugt, daß sie sehr glücklich sind.

Ich glaube, daß ich ein ganz guter Dichter bin. Trotzdem fürchte ich, daß die folgenden Verse dem Phänomen dieser Liebe kaum gerecht werden können.

Una Pareja
Benedicta de Amor
Viajando en un Barco
Con velas blancas
Un hijo dilecto
Sin la luz de sus ojos
Y una mujer, paralyzada
Como capitan
Velando en un mundo
Non connocido

Miguel Fuentes

Wenn ich dichten könnte
Möchte ich Pablo Neruda sein
Wenn ich komponieren könnte
Duke Ellington
Wenn ich singen könnte
Nat King Cole
Wenn ich dirigieren könnte
Nikolaus Harnoncourt
Wenn ich Klavier spielen könnte
Oscar Peterson
Wenn ich geigen könnte
Yehudi Menuhin
Wenn ich malen könnte
Vincent van Gogh
Wenn ich tanzen könnte
Fred Astaire
Und
Wenn ich schreiben könnte?
Tschechov sagt:
Jeder schreibt, wie er will
Und wie er kann

Romeo und Julia auf dem fränkischen Dorfe

Isabell Frank
Schattental
Roman
240 Seiten · geb./SU
€ 18,90 (D) · sFr 32,90 · € 19,50 (A)
ISBN 3-8218-5757-9

Ein fränkischer Flecken, in dem sich das Leben alle Zeit der Welt läßt. An der Spitze des Dorfes steht Melchior Kresslein, dem alles gehört und der von allen zuerst gegrüßt wird – nur von seiner Tochter Marie nicht. Und vom Tauber, der von allen gefürchtet wird, schon gar nicht. Als Marie und Tauber in der Nacht vom Kirchweihfest zusammen verschwinden, weiß jeder im Dorf, daß ein Melchior Kresslein auf Rache sinnt...

Isabell Frank hat aus dem ländlichen Idiom ihrer Heimat eine gleichsam naturhafte Sprache geschaffen und verwandelt die profane Wirklichkeit eines fränkischen Dorfes in den 70er Jahren in eine zeitlos-poetische Romanwelt. Abgründiger und wahrhaftiger ist das Unheimliche des Heimatlichen selten erzählt worden.

Eine Ode an die Magie des Meeres

Carlos María Domínguez
Wüste Meere
Erzählungen
Aus dem Spanischen
von Elisabeth Müller
128 Seiten · gebunden
€ 14,90 (D) · sFr 25,90 · € 15,40 (A)
ISBN 3-8218-5774-9

Wüste Meere erzählt von einem polnischen Schiffsmaschinisten und seinem spanischen Kapitän, die sich eine Nacht lang unterhalten, ohne auch nur ein Wort des jeweils anderen verstehen zu können, von den Gedanken eines Mannes, der auf einer Insel an einen Baum geklammert einen Sturm überlebt, einem kleinen Jungen, der von Tarzan alias Johnny Weismuller das Schwimmen lernt, den Abenteuern eines gestrandeten Frachtschiffs und noch einiges mehr.

Carlos María Domínguez beweist in sieben meisterhaften Erzählungen seine Sprachkraft und entwirft mit *Wüste Meere* eine große Metapher für die Tiefen und Untiefen des menschlichen Lebens.

Eichborn
Kaiserstraße 66
60329 Frankfurt
Telefon: 069 / 25 60 03-0
Fax: 069 / 25 60 03-30
www.eichborn.de

Wir schicken Ihnen gern ein Verlagsverzeichnis.

pan y arte

Gemeinsam mit Freunden und Experten gründete Dietmar Schönherr im Oktober 1994 »Pan y Arte«, um die Hilfe für seine Nicaragua-Projekte auf neue Füße zu stellen.
Im Mittelpunkt steht dabei die »Casa de los Tres Mundos«, die Schönherr gemeinsam mit Ernesto Cardenal initiierte. Das »Haus der drei Welten« steht ganz im Zeichen von Kunst, Kultur und Kreativität – und ist ein Gegenentwurf zur üblichen Form der Entwicklungshilfe. »Brot und Kunst (spanisch: pan y arte) sind die wichtigsten Lebensmittel des Menschen. Wir kümmern uns um beides.« So hat Schönherr selbst den Grundsatz formuliert. Diesem Motto ist »Pan y Arte« bis heute treu geblieben.

Viele hundert Kinder in Nicaragua sind erst durch »Pan y Arte« mit Musik und Kunst in Berührung gekommen. Jedes einzelne dieser Kinder wurde in seiner Kreativität angeregt, konnte seine Fantasie und Persönlichkeit entwickeln.

Neben der »Casa de los Tres Mundos« unterstützt »Pan y Arte« mit »Música en los Barrios« (Managua) und dem »Bücherbus Bertolt Brecht« zwei weitere Kulturprojekte. Für 1.300 Opfer des Hurrikan Mitch, der 1998 Nicaragua verwüstete, entstand in Malacatoya mit der Unterstützung von »Pan y Arte« ein Dorf mit 135 Häusern, Schule, Gesundheitszentrum etc.

»Pan y Arte« finanziert die Projektarbeit in Nicaragua überwiegend aus Spenden und freut sich über jedes neue Fördermitglied oder neue Projektpatinnen und -paten. Tagungen, Autorenlesungen (Ernesto Cardenal, Gioconda Belli, Dietmar Schönherr) und Projektreisen nach Nicaragua sind eine gute Gelegenheit, »Pan y Arte« kennen zu lernen.

Pan y Arte e.V.
Rothenburg 41
48143 Münster
Tel. 0251-488 20 50

Spendenkonto 3636
»Pan y Arte«
Bank für Sozialwirtschaft Köln
BLZ 370 205 00

www.panyarte.org